文春文庫

ミカ×ミカ！

伊藤たかみ

文藝春秋

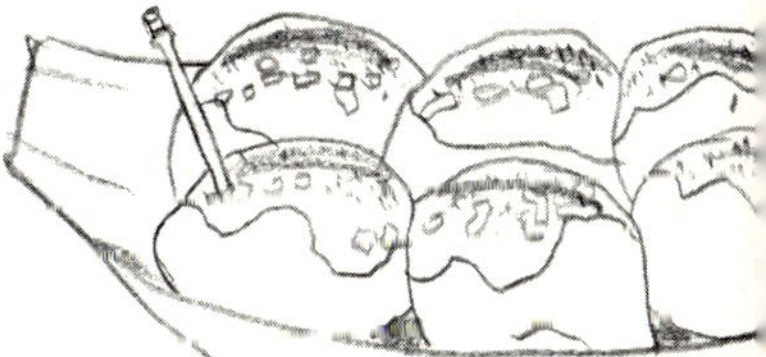

もくじ

扉絵・目次　池田進吾（67）

1　シアワセ

うしろで寝転がっていたミカは、足でなんども、ぼくの背中を押していた。はらいのけたって、しつこく押してくる。ヒロキにシュートを決められてしまったのはそのせいだ。しかも、派手なオーバーヘッドキックだった。もちろん、TVゲームの話だけど、くやしいものはくやしい。

そこでぼくは、ようやくうしろを向いた。しつこいミカの足を、一発殴ってやろうとしたんだけど、さっと逃げられてしまう。さすがに、速かった。反射神経が、すごいんだろう。

反射神経だけじゃない。運動神経でも体力でもケンカでも、ミカはぼくよりずっとすごかった。なにせ小学生だったころは、オトコオンナと呼ばれていたぐらいだもの。六年間、いちどもスカートをはかなかったのが、自慢だった。もちろん、いま通っている中学校では、制服を着なくちゃいけないから、ミカだってしぶしぶスカートをはいている。でもそのかわり、家に帰るとすぐに制服をぬいで、自分の好きな服を着ていた。だいたいは、ぼくと同じような男の服ばかりだ。

それがぼくの、ふたごの妹・ミカだった。

「ミカのせいで、負けたやろ」

「まー、ユウスケ（これはぼくの名前だ）は、ミカがおらんかっても負けてたで」

オーバーヘッドキックを決めたヒロキまで、ミカの味方をした。ちなみにこいつは、ぼくの友だちで、一年生からクラスがいっしょ。ミカとは逆で、女の子みたいだった。顔だけじゃなく、からだも細くて小さくて、なんだか男っぽくない。

でもヒロキの場合、こういう見かけのせいで、トクをしてると思う。だって、本当のヒロキはただの変態だから。それが、この見かけのせいで、ぱっと見ただけじゃわからない。

「オレのあのシュートは、だれかってとられへんわ。ミカは関係ないで」

「だいたいヒロキは、ブラジルチームばっか選びすぎやねん。強すぎるわ」

ぼくは言った。「ブラジル禁止にしよっかな」

「お客さんやねんから、ええやんか。ユウスケはこのゲーム、慣れてるんやろ」

「アンタたちなー、ちょっとはアタシの話、聞きいよ」

うしろでずっと寝たふりをしていたミカが、ついにそう言った。

「だいたい、ゲームばっかしとったらアホになんで」

「せやけどユウスケは、ゲームばっかかしてても秀才やんか。ミカはあんまゲームせえへんけど、頭はよおない」

「ヒロキに言われたない」

そしてミカは、けらけらわらっているヒロキの頭の上に、スローモーションのまねをしながら、かかと落としをきめた。

「とー、おー、ぉー……」

「うわあっ、あーっ、ぁー……」

ヒロキもスローモーションのまねをしながら、ひっくり返ってみせる。そうしたら彼の太ももの下で、なにかがパキパキいう音が聞こえた。ゲームのパッケージがわれる音だった。

ぼくは急いで、ヒロキの太ももの下から、ゲームのパッケージをぬき出した。だけどもう遅くて、横に大きなヒビが入っている。カミナリみたいなヒビだった。これじゃ、中古ショップに売るとき、マイナス三百円になるだろうな。あーあ。

三百円でなにが買えただろうって考えながら、ぼくはミカに聞いた。

「ほんでミカ、さっきからなんの話しとったんよ」

「ユウスケ、ほんまになんも聞いてへんかってんな。せやから、女らしいってどういうことなんって聞いてたの。言うとくけど、ヒロキは答えんでええからな。だいたいエロいことしか言わんって、わかってんねん」

ちぇっ、とヒロキが言った。だけどニヤニヤしていたところからして、本当に、そういうことを言うつもりだったんだろう。

「からだの形とかはべつにしてな、女らしいってどんなことやろ？　ナヨナヨしてるかんじ？　クネクネしてるかんじ？」

「なんやねん、急に」

「さっきからずーっと言うてんのに、あんたらゲームばっかりして、聞かんからやんか。なあ、どうなんよ。女らしいってどんなん？」

そんなこといままでマジメに考えたことがなかった。だいたい、からだつきをぬきにして説明するのって、すごくむずかしそうだ。

女子はやさしい……でも、もっとやさしい男子もいる。

女子はいつもしゃべっている……でも、ぼくやヒロキだっておしゃべりだ。女子は恋愛の話が好き……でも、男子だって好きだった。

これじゃ、説明なんてできない。

だけど、そんなこと言ったって、ミカはゆるしてくれないに決まってる。しかたがないから、クラスの隣に座っている女の子を思い出して、その子のことを、いくつか言ってみた。

「乱暴なことせんで、やさしいやろ。よおしゃべって、よおわらう。いっつもだれが好きとか、そんな話ばっかしてる。トイレにはみんなで行く。なんかあったら、すぐ泣く……そんなかんじとちゃう?」

「えー、そんなんしか浮かばへんの? そんなんやったら、ほとんどアタシかってそうやで。乱暴なことせえへんってのは、自分でもちゃうなって思うけどさ。でも、それ以外やったら、アタシかって、だいたいいっしょやん。せやのにアタシのこと、女らしいって言う人おらんで」

ミカはマジメな顔でそう言った。まあ、そう言われてみたら、たしかにそうだ。

するとヒロキが、ミカにこう言った。

「しゃあないなミカ。大人になったらバイトして、その金で手術して、女になってまえ」

「せやから、もともと女やろっ！」

そして今度こそ本当に、かかと落としをきめられた。ゴキッていう痛そうな音が部屋にひびいた。それから、しばらくみんなで乱闘。二人でミカに、「腕ひしぎ逆十字」をきめて、やっとプロレスごっこは終わった。それでまた、ゲームを再開だ。今度は、ヒロキとミカが対戦をはじめた。

ところで、たしかにミカって女っぽくないと思う。小学校のときはともかく、いまは、見かけだけならちゃんと女の子のはずなのに、やっぱり女の子だって気はしなかった。でも、どうしてミカは、とつぜんそんなことを聞いたんだろう。ミカにとっては、自分が女っぽくないことなんて、どうでもいいことなんだって、ずっと思っていたんだけど。

(ミカ、なんかあったんかな)

ゲームをするミカの背中を見ながら、ぼくは思っていた。

するとそのとき、ガリガリッて音が聞こえた。自分の頭をかじられるような音だ。

それは、ミカの飼っている青いセキセイインコが、クチバシでブランコをかじっている音だった。こいつは、遊んでほしくなるとすぐ、こうやってブランコのはしをかじる。

インコの名前は、「シアワセ」という。そのヘンな名前は、ミカがつけた。理由はすごく簡単だ。青い色をしているから、シアワセにしたらしい。『幸せの青い鳥』って話からとったんだろう。

そんなシアワセは、カゴから出してやると、いつも、すごいスピードで部屋の中を飛びまわる。そこらじゅうにぶつかるし、いろんなものを壊す。このあいだなんか、みそしるの中に落ちたこともあった。そのときは、本気で死んでしまったと思ったんだけど、たまたま、みそしるがぬるかったから助かった。

いつもそんなかんじだったから、ぼくはあまり、シアワセをカゴから出したくない。でも、あんまり出してやらないと、ブランコをかじりすぎて、いつかクチバシが折れてしまうんじゃないかと心配もしていた。

だから、安全そうなときだけ、外に出してやる。

その日も、あまりガリガリやるから、ついついカゴから出してやったわけだ。そしてやっぱりシアワセは、カゴから出るとバカみたいに飛びまわった。ミカの髪の毛をひっぱったり、ヒロキの耳たぶをかじったりして、みんなに嫌われていた。

そのくせぼくの肩にもどってくると、急に、ハテナ? って首をかしげる。「だれが悪さをしたの?」なんて、しらばっくれているみたいだった。しかもそのあと、ポテッとフンまでした。それだって自分でやったくせに、びっくりしてからだを細くしていた。

ぼくはティッシュをとり、肩の上のフンをふきながら思った。こいつの性格は、もしかして飼い主に似たんじゃないかなあって。

(飼い主が、ミカやったから、こんなふうになったんかな)

するとそのとき、とつぜんシアワセがぼくの耳の穴にクチバシをつっこんだ。つっこんでから、(それは言えるかもしれないね) なんて言った。

おどろいた。そりゃあインコなら、ときどきしゃべることはある。インコっぽい声で、人間が話すのをまねするし、歌のメロディーまでおぼえるやつもいる。でも、こんなふうに話すのは聞いたことがない。

おどろいたぼくは首を回し、シアワセを見た。するとまた、首をかしげてハテナ？ とやっていた。

(気のせいや、気のせい)

そうするとシアワセはまた、ぼくの耳の穴にクチバシをつっこんで、ガリガリやりだした。本当につっこむから、耳がくすぐったい。

(気のせいじゃない。インコだって、言うときは言うよ)

シアワセが言った。

(ところでユウスケ、あのさ。どうもミカは、最近、ふられたらしいんだ。本当につい最近のことらしいけど。それで急に、女らしいってどういうこと、なんて聞いてきたんじゃない？)

(えっ？)

(予想だけど、まずまちがいないね。ユウスケも、たしかめてくれないかな)

シアワセはそう言って、ようやくぼくの耳の穴からクチバシを出した。

ぼくは、じっとシアワセを見た。シアワセもしばらく、ぼくの顔をじっと見ていたけれど、そのうち退屈になったみたいで、ヘンなダンスをはじめた。ミカが教えた芸だ。三角形に頭をふる芸。指揮者が、ワルツのリズムをとっているように見えた。

なんだ?

「ユウスケ、ゲーム交代したろ」

いつのまにかゲームが終わったミカは、ぼくにそう言った。そこではっと、われに返る。シアワセは、ついさっき自分がしゃべっていたことなんか、まったく気にもしていないみたいだった。ミカの指の上に飛びうつると、そこでもまだしつこく、ヘンなダンスをおどっている。

「ミカ、あのさー」

「なんやの」

「いや、べつに、なんもない」

「ユウスケのくせやな。いや、なんもない。いや、なんもない。しゃべろ思った瞬間に、言うこと忘れてまうねん」

ミカはそう言ったあと、シアワセのダンスに合わせて、「いや・なんもない・いや・なんもない・いや」なんてふざけて歌っていた。

「ユウスケ。はよお、国、選べや。フランス? ドイツ? イングランド?」

ヒロキに言われて、あわててゲームをはじめる。

そうだ、そうだよ。きっと気のせいだったんだよな。前半の試合がはじまってから、ようやくぼくは、そう思えるようになっていた。そしてそのとき、ヒロキがまたブラジルを選んでいるのにも気づいた。

やっぱり、ブラジル禁止ルールを作ろうっと。


今日は遊びすぎてしまった。あしたは、塾だか予備校だかが作った、学力判定のテストがあるのに。夜になって、そのぶんがんばろうって思っても、なんだかやる気になれない。

それでついつい、ぼくは〝秘密の引き出し〟に手をやった。勉強机についている引き出しだ。カギはついていないけど、どこかが引っかかっていて、コツを知らないと開けられない。

そこには大事なものをいくつかしまってある。たとえば小学校のときに、生まれてはじめてもらったラブレターだとか。家族で海外旅行に行ったとき、レストランで使ったわりばしの袋だとか。

写真も何枚かある。母さんの写真が多かった。これは、ぼくの親が離婚してしまったせいだ。離婚したあと、ぼくたち（ぼくとミカと父さん）は、この町に引っ越してきた。それで、母さんの住んでいる家とは遠くなって、簡単に会えなくなったわけだ。だからその距離のぶんだけ、写真を大事にしている。

でも、一番大事にしてるのは、ラブレターでも写真でもなかった。もちろん、わりばしの袋でもない。

それは、古いノートだった。料理教室の先生をやっていた母さんが書いた、料理のレシピだ。ここに引っ越してくるとき、荷物がごちゃごちゃになったみたいで、ぼくのマンガや本の入っていたダンボールの中に、いっしょになって入っていた。

そしてぼくには、写真より、このノートを見ているほうが、母さんのことをはっきりと思い出せた。きっと写真っていうのは、大事なときにだけとるから、ぼくのおぼえている母さんとちがってしまうせいだろう。写真は、遊園地だとかキャンプ、それに運動会なんかでわらっている母さんばかりだったから。

でも、ぼくがおぼえている母さんは、やっぱり料理を作っているところ。ぼくたちのごはんを作るときもあるし、料理教室のために、料理を練習しているときもある。それをノートに書きこんだり、実験台だと言って、ぼくやミカにできたのを食べさせていることもある。どっちにしても、ぼくのおぼえている母さんは、料理をしているところだった。

その日、めくったノートに書いてあったレシピは、こんなのだった。

☆ちくわの中にひき肉とほうれん草をつめて、フライにした料理。
☆エビとピーマンの入ったたまご焼き。
☆ショウガがきいた肉だんご。

これだけで、忙しそうに料理をする母さんのことが思い出せる。

父さんも料理はするけど、そっちはあんまりおぼえてないから、不思議だよな。ぼくはノートをながめながら、そんな気持ちでいた。ミカが、いきなり部屋に入ってこなかったら、もっといい気持ちでいられただろう。ミカはいつだって、ノックをしないで部屋に入ってきては、ぼくをおどろかせる。

「ちょっと、ユウスケおる？」
「ミカ！　ちゃんとノックせえよ」
「あーごめんごめん」

すごく適当なあやまりかただった。きっとあしたもあさっても、ノックなんてするつもりはないんだろう。

「それよりユウスケ、ここ。この数学の問題、解きかた教えて。答え見ても、意味わからへん」

ミカはそう言って、ぼくの横に立った。ぼくの部屋は荷物が多くて、座る場所があまりないからだ。二段ベッドを入れているせいだろう。子供のころ、ミカといっしょに使っていたやつなんだけど、捨てるのがかわいそうで、そのままになっていた。いまではその一段目が、お客さん用のスペースになっている（座ぶとんもついてるぞ）。

「ユウスケの部屋は、あいかわらずせまいな。潜水艦におるみたいや」

「だって、家がそんなに広くないから、しゃーないやん」

「荷物持ちすぎやねん。アタシなんて、なーんも荷物ないで」

「自分から人の部屋にきといて、グチグチ文句言うな。それより、どの問題？　これ？」

「ちゃう。その下」

「これやったら、まず対角線を」

「あっ、ユウスケ。そのノートなに？」

「これ？」

　本当は、見られてめんどうだなあと思った。でも、いまさら隠すのもヘンだから、素直に教科書をどけて、ミカに見せてやった。

「これ、母さんのノートやん。仕事で使っとったやつちゃうかな」

「なんでユウスケが、そんなん持ってんのよ」

「知らん。引っ越しのとき、ぼくの荷物にまぎれて入っとった」

「ふーん」

　そしてミカは、ノートをパラパラとめくった。ヒロキが遊びにきていたときについたのか、シアワセの青い毛が、まだミカの髪の毛にくっついている。

「アンタ、テスト前にこんなん読むん」

「気分転換や」

　ぼくはそう言いながら、写真だとかラブレターなんかが入っている引き出しを、気づかれないように、そっと閉めておいた。見つかって引っかきまわされたりしたら、たまらない。

ぼくはあわてて話をふった。

「そうやミカ。おまえもこのノート、ぜんぶ読んだら?」

「なんでよ」

「だって、女らしいってどういうことやとか、どーのこーの言うとったから。それやったら、これ使って料理でもしたらええやん」

「料理なんて、したないよ」

ミカは、きっぱりと言った。

でもそれは、料理が嫌いだったせいではないだろう。それはミカが、前の母さんのことを嫌っているからだ。離婚の原因は、母さんがほかの人を好きになったせいだって思っている。

「でも、カレーとかどう?」

「カレーなんて、なんも見いひんかって作れる」

「ミカは、口だけえらそうやな〜」

するとミカは、教科書の問題を聞くのも忘れて、もう部屋に帰ろうとする。問題はいいのかって聞いたら、どうせそれ、あしたのテストには出ない気がするなんて言っていた。

「それにやっぱ、いま聞いたってムリやわ」

「ふーん」

「あ、ところでユウスケ。シアワセのかんじがちょっとヘンやねんけど、さっき遊んでやったとき、なんか気づいた？　ヒロキが遊びにきとったときな」

「シアワセが？　どないしたん」

「ようわからんけど、やたらクチバシをモゴモゴさせてるみたいやから。なんか、ヘンなもん食べたんかなと思って。ガムとかさ」

インコが、ガムなんか食べるわけないだろ。ぼくはそう思った。

それより、あんなふうにしゃべるほうが、もっとおかしい。ミカは、本当に気づいてないんだろうか？　シアワセは、本当にしゃべったのに。

2　ドラゴン花火でジャンプ

テレビのコマーシャルで、「夏はカレー！」って言っていた。だからぼくは土曜の朝から、あのノートを見て、母さんのカレーライスをひさしぶりに作ることにした。

母さんのカレーは、ちょっと特別だ。

ポイントは、すりおろしたセロリがたくさん入っていること。ノートには母さんの字で、「とろみをつけるのに、小麦粉や油を使いすぎるとカロリーが多くなってしまいます。かわりにセロリを入れましょう」なんて書いてあった。

ぼくは、ずっとそれがふつうのカレーなんだろうなって思って食べていたけれど、そのノートを見るようになってから、そうじゃないことに気がついた。きっとむかし、太りだした父さんのために、母さんはそんなカレーを発明したんだろう。

そして午後からは、ぐつぐつ煮こんだ。途中で味見をしてみたら、やっぱり母さんが作っていたのとは、ちがっていた。どこがどうちがうのか、よくはわからない。

だけど、まずいってこともない。それは、母さんのノートにも書いてあったもの。

「だれが作っても、どんな材料を使っても、時間さえかければカレーはおいしくできあがります」

そのとおりだと思う。あしたになったら、もっとおいしくなっているだろう。

ところで、ぼくが料理をしているあいだ、シアワセはミカと遊んでいた。肩の上に乗って、カレーに使った野菜のくずをもらっている。でも鳥のくせに、野菜は好きじゃないみたいだ。クチバシでかむくせに、ボロボロとクチバシの隙間から落としていた。わざとやってるのは、見ててわかった。

「にくたらしいことすんなあ、この子は」

ミカはそう言って、シアワセをぼくにわたした。ちょうどカレーを煮こんでいるときだったんで、ぼくもヒマだった。シアワセはぼくの肩に落ち着くと、すぐにこのあいだみたく、耳の穴にクチバシをつっこんできた。またか。

(野菜、好きじゃないんだ)

インコっぽい声で、シアワセが言った。やっぱりこいつ、しゃべることができるらしい。ぼくは、顔に出さないようにしていたけれど、ヘンな気持ちだった。

それでも、ミカがカレーを見に台所へ行ったとき、ぼくは小さく声をかけてみた。

(ぜいたく言うな)

ぼくは言った。するとシアワセは、(だって本当なんだから、しかたがないじゃないか)って答えた。

(でも、カレーは食べてみたいね、一生に一度ぐらいは)

(インコのくせに?)

(インコだって、いろいろ経験しておきたいよ、そりゃ。ちょうど作ってるんだろ? 少し味見させてくれないかな。米つぶを二つに、ちょっとカレーをつけるぐらいのサイズがいいね。あまり熱いのはダメだよ。ネコ舌だから)

(鳥なのにネコ舌か)

(だって、鳥舌なんて言わないもの)

シアワセは、悪い夢に出てきそうな声でわらった。

(ところでユウスケ。こないだのミカの話だけど、あれはもうわかったかい)

(ふられたって話?)

(そうだよ。調べてくれた?)

(そんな簡単にわかるわけない)

(きょうだいなんだから、ちょくせつ聞けばいいじゃないの)

きょうだいだから、聞けないんだよ。

ぼくがそんなことを思っていると、ミカが台所からもどってきた。シアワセは、

「いままでしゃべっていたのは、ぜんぶウソです」みたいな顔をして、ごまかしているように見えた。足をぐっと伸ばして、自分のあごの下をバリバリバリかいている。ツメに引っかかった綿毛は、さっと空中に飛んでから、ゆっくりと降りてきた。まるで、青いパラシュートみたいだった。

「やっぱシアワセ、なんかおかしない?」

肩のところで鼻の汗をふきながら、ミカが言う。飛びうつってきたシアワセのあごの下に、指を入れてグリグリ動かしていた。シアワセも気持ちがいいみたいで、目を細くしている。

「クチバシ、モゴモゴしてへんかった?」

「べつにおかしくないで。気のせいとちゃうかな」

「せやろか。アタシは、なーんかヘンな気がするねんなあ」

「それよりミカ。今日、もう少ししたらヒロキが遊びにくるで」

「そうなん？　あの子、こないだの学力判定テスト、ぜんぜんできへんかったって言うとったのに、やっぱ気楽やなあ。あかんかったら、塾通わされるとか泣いとったくせして。ま、アタシもぜんぜんできへんかったけど」

そう言えば、テストにはあの数学の問題が出ていたのを、ミカは知ってるんだろうか。解きかたを聞きにきて、途中でほったらかしにした問題だ。おかげでぼくは、簡単に解けたぞ。

「でもアタシは、夕方ごろにならんと、もどってきいひんで。部活の友だちんとこ行ってくるからな。もう、家のゲーム飽きたし、なんかソフト持ってこいってヒロキに言うとって」

「せやな。そうしよ」

ぼくは言った。「なあミカ。ところでさ、夜になったら花火でもしよっか。夏休みに買った花火、ひとセットあまってっから。せっかくヒロキもおるし」

「ええけど、なんで？」

「なんでって？　だって、花火がしけってまうやんか。なんかおかしいか？」

自分で言うのもなんだけど、やっぱりおかしかった。いつもより自分が、みょうにやさしすぎるような気がする。ミカと話すチャンスを、むりやりふやそうとしているようだった。

もちろんそれは、ミカが本当にふられたのかどうか、たしかめたかったからだ。シアワセの言うことを信じたわけじゃないけど、でもやっぱり、このあいだのミカはなにかおかしかった。いつものミカらしくなかった。

こうしてカレーを煮ているころ、ミカと入れかわるようにしてヒロキが遊びにきた。

二学期がはじまっても、どうも夏休みのくせがぬけなくて、ぼくたちは遊んでばかりいる。たまたま、いまはだれも塾に通っていないからいいけど、来年は中学二年生だから、あまり遊べなくなるのかもしれない。……やめた。来年のことは、来年考えよう。それに今日は、土曜だけど父さんが仕事だ。応接間でどうどうとゲームもできる日だったし。しかも今日から、ブラジル禁止ルールでやれるしな。

そのうちヒロキが、おなかがへったと言い出した。カレー用のおなかがへったなんて言う。しかたがないから、ひと皿、カレーをよそってやった。本当はもっと時間がいるんだけど、ヒロキに一日じゅう、カレーカレーって騒がれるよりはいい。

「わー、具がでかいなあ」

「残すなや」

「残すわけない」

ヒロキはそう言うと、さっそくカレーを食べはじめた。細くて、女の子みたいなからだをしてるのに、どうしてこんなに食べられるんだろう。さっき昼食を食べてきたばかりだって言っていたくせに、すぐペコペコになるそうだ。

「これ、ミカが作ったん？」

「ちゃう。ぼくが作った」

「ミカって、やっぱり料理とか、できへんねんな」

「できへんことはないよ。お母はんおらんから、ときどきヒマなときは作ってるで。家政婦さんがきいひんときはな」

作るって言っても、焼き飯ぐらいだけど。それもインスタントのやつ。でも、ミカのためにそのへんは説明しないでおいた。

「焼き飯かー。ミカの作るのって、どんなんやろな」

「ふつうの味やん。どこにでもある焼き飯」

「焼き飯はどこにでもあるけど、作った人によって、味はちゃうで。家《うち》かって、おかんが作るのと、あねきが作るのと、同じ材料使ってんのに、ちゃう味するもん」

「どっちがうまい？」

「そりゃ、ま、おかんのほうかな」

ヒロキは言った。「なあユウスケ。ところでさっきから、インコがえらいあばれとるけど、ええんか？　なんか、ちょっとこわいぐらいあばれとるで」

そう言えば、カレーを食べさせるって約束していたのを思い出した。

そこでぼくはスプーンを使い、二つぶの米を指の上に乗せた。それからまたスプーンを使って、ほんの一滴だけカレーを乗せた。それをシアワセの前に持っていく。カゴの隙間から指をそっと入れて、食べるまで待っていた。

「え〜、鳥がカレーなんか食うやろか？」

「わからんけど、実験や」

本当はシアワセが食べたいって自分で言ったから、やっているだけだ。ぼくだって、こんなものセキセイインコが食べて、本当においしいんだろうかって、うたがっていた。

　でもそのうち、シアワセは決心したみたいに、米つぶをクチバシでつついた。それから口をモゴモゴやったかと思うと、かんでいたものをペッとはき出した。

「ほら、やっぱ食べへんで」

　ヒロキがわらっていた。シアワセは、知らん顔でブランコで遊びはじめた。にくたらしかったから、指の先でカゴをパチンとはじいてやった。

「ヘンなヤツ」

「そう言うたら、なんかこないだのミカも、ちょっとヘンやったな」

　ヒロキが急に、そんなことを言い出す。「女らしいってどんなんやとか聞いてたやろ。なんかあったんかな？　いままで、そんなん言うたことなかったやんか。ユウスケ、そう思わん？」

「そうやったっけ。ミカの考えてることは、ぼくにもわからんから」

「もしかして好きなやつができたとかは？　心当たりないんか」

「ミカに？　まさか〜。ミカが男を好きになるやろか」

「そりゃなるやろ、なんぼミカかって、女やねんで。それに修学旅行が近いもんな。

カレシ、カノジョ、みんなほしがってるやん。やっぱそのほうが、自由時間も楽しいもんなあ」

そしてヒロキは、スプーンをかじった。シアワセが退屈して、カゴをクチバシでかじっているような音がした。ヒロキはなにかを考えるとき、よくエンピツの頭だとかシャーペンをかむくせがある。そのときは、かじるものがスプーンしかなかったんだろう。

「せやせや、修学旅行で思い出した。ユウスケ、オレ聞いたで〜。ちづるの話」

「ちづるの話？」

「知ってるくせに、しらばっくれて。オレな、ちづるの友だちに聞かれたんや。ユウスケの好きなやつ教えろって、しつこかったんやで。でも、それでピンときた。ちづるは、おまえのことが好きやな」

カッコつけるわけじゃないけど、本当はぼくだってうすうす、そうじゃないかなとは思っていた。ぼくのところにも先週、ちづるの友だち二人が、やたらと電話をかけてきたからだ。やっぱりそのときも、ヒロキにしたのと同じ質問をしていた。それじゃあ、いくらぼくだって気づいてしまう。これは、きっとちづる本人が、ぼくになにか言うことでもあるんだろうなって。

でも、かんちがいかもしれないから、ヒロキにはだまっていたわけだ。だってもしそんなこと言って、「自信マンマン？」だとかわらわれたらイヤだもの。それに、まだ証拠があるわけじゃないし。

「でもユウスケは、どうなんよ。あいつらがなんども聞いてくるってことは、ぜったいにちづるがおまえのこと好きでまちがいないで。ぜったい、そう。でも、ユウスケは？」

「うーん」

ぼくは思わず、ため息をついてしまった。

じつは、ちづるのことがぜんぜん好きになれなかったからだ。見た目のせいじゃなくて、性格が好きになれなかった。もっとはっきり言ってしまうと、なんだか、イヤーなかんじがする子だった。

一年生の文化祭のときからして、そんなかんじだった。文化祭の出し物をみんなで決めようとしていたとき、ずっと反対ばかりしていたのが彼女だ。「うざったい」なんて言って、反対しかしない。そのくせ、じゃあなにがやりたいのって委員長に聞かれても、「べつに」としか答えなかった。

体育をしているときも、ちづるは、一人だけ退屈そうにしている。バスケのコートの上につっ立って、ボールをとりにもいかないし、コートから出ようともしない。そうやって先生に反抗してるつもりかもしれないけど、やってることが小さくて、カッコ悪い。そこまでするなら、学校なんてどうどうと休めばいいのにさ。

それで、ちづるを見ていると、なんだかイヤーなかんじがするんだと思う。

「うーん、どうやろなー」

ヒロキに聞かれ、ぼくは考えた。「好きもなんも、まだちゃんと聞いたわけとちゃうから、わからんわ。だいたいなんで、ちづるがぼくのこと好きにならんとあかんのか、理由もわからんし」

「ほんならもし、ほんまやったら？　告白されて、ＯＫする？」

「わからん」

「えっ、てことはＯＫの可能性もアリ？」

「わからんのは、わからんよ」

そう言っても、ヒロキは納得してくれなかった。しかも、人の家のカレーを勝手におかわりしながら、「やっぱユウスケは、適当にやさしいのがあかんねんな」なんて言う。

「大して好きでもないやつにも、とりあえず、やさしくするやん。せやから、かんちがいされやすいねん。ユウスケ知らんやろうけど、おまえの悪いくせ教えたろか。おまえなー、あんま好きやない子としゃべるときは、いっつも、質問ばっかすんねん。自分のこと話したくないから、聞いてばっかおる。体験授業とかで、むりやり質問するやつおるやん。ハイ！——なんでパン屋になろうと思ったんですか。ハイ！——なんでサラリーマンにならんかったんですかってさあ。そういう質問するやつらみたいやねん。でも、そんなに聞かれたら、むこうかってかんちがいするやんか。自分に興味あるんかなって、かんちがいしてまうやろ？　ユウスケはそのパターン多すぎんねん。ちづるにも、そうやったんちゃうんか」

「なんか、きびしいな、ヒロキは」

「ほんまは、あねきが言うとったんを、そのまま言うてるだけ。でも、やっぱそんなとこあると思うで」

「でもなあ。嫌いな顔するってのも、なんかむずかしいし。それにちづるのことかって、そこまで嫌いなわけちゃうし」

「まーた、そんな言いかたする。せやから、ヘンになるねん。好きやないんやったら、いっしょやろ。そこまでイヤとちごうても、好きやなかったらつきあわれへん。そこんとこ、ちゃんと言わな」

ヒロキはそう言うと、カレーに入っていた大きなジャガイモを、スプーンで半分にわった。中にはまだカレーがしみこんでいないようで、途中までしか、色がかわっていなかった。

「今日は、ヒロキまでヘンやな。なんかあった？」

ぼくが言うと、べつになんもないけどと答えてから、ヒロキはカレーをたくさんほおばった。

やがて、ゲームに飽きてきたころ、うまいぐあいにミカが帰ってきた。

そこで、すぐ花火をやりに行くことになる。まだ暗くなっていなかったけど、ひますぎるよりはましだったから。なんだか最近、ひまっていうのが、すごくイヤだった。

ぼくたちの家のそばには、グラウンドがある。ほとんど手入れもしていない、ただ広いだけのグラウンドだ。昼間はめったに使う人はいない。せいぜいたまに、少年サッカーチームとリトルリーグのやつらが練習にくるぐらい。ぼくたちが花火をするのは、いつもそこだった。

たくさんの花火と、水を入れたバケツ、それにキャンプで使う長いライターをフェンスぎわに置いた。

それからさっそく花火をはじめた。ミカは、ぼくらのことなんて忘れてしまったみたいに、八連発や、十六連発の花火を持って、興奮していた。花火を持たせると、いつもこうなる。火がふん水みたいに飛び出す、ドラゴン花火をしたときには、なんどもなんども、その上を飛びこえていた。「アチョー!」ってわめきながら。

「ミカ、アホちゃうか」

ヒロキがふと言った。ぼくは、大人げないミカのことが、あにきとして、はずかしくなってきた。

「そのうちあいつ、パンツ黒コゲになるで」

「あっ、そうそうヒロキ。それより見てみ。花火って水の中でも燃えるって知ってた？」

そこでぼくは、燃えている最中の花火を、バケツの中につっこんだ。カゼで学校を休んだとき、NHKのテレビ番組で見た実験だった。花火は自分で酸素だかなにかを出すから、水の中でも燃えるんだと。でもヒロキには、そんなことどうでもよかったみたいだ。花火とダンスするミカに、すっかり夢中になっていたから。

しかもやがてミカは、ヒロキの言ったとおりになった。花火を飛びこえているうちに火の粉がついたらしくて、オシッコをがまんするみたいに、うちまたをにぎった。

「あっつ〜！　どっかコゲた」

それでもミカは、うれしそうにわらう。ぼくたちも、遠くからわらったけど、そのときは顔だけだった。本当は、ぜんぜんちがう話をしている最中だったから。

「ユウスケ。オレな、ちょっとヘンなこと聞いたで。ミカのこと」

「えっ、なに？」

「なんかな、最近、だれかに告白してふられたらしいねん。ほんまかな？」

ヒロキの言ったことに、ぼくはおどろいてしまった。だってそれじゃ、シアワセの言ったとおりになってしまう。それに、あんなミカが、だれかに告白したりするなんて、とても信じられなかった。まさか本当に、女の子に告白したんじゃないかって、そんなことを心配したぐらいだ。

でもミカは、あいかわらずだった。ドラゴン花火を、なんどもジャンプで飛びこえる。同じことを、去年もその前の年も、やっていたような気がした。

3 ダブルプレー

きのうの夜、ヒロキからパソコンにメールがきた。

〉もしもミカが告白したって話、ほんまやったら、だれやと思う？

ぼくは、まだピンときていなかった。そりゃあ、いくらオトコオンナだからって、好きな人ぐらいできてもおかしくはない。でも、信じられなかった。それにもし、本当にふられたんだとしたら、もっと落ちこんだりするはずじゃないか？――ぼくはずっとそう思っていた。

でもある日、偶然にそれが本当だってことを知った。体育の授業中のことだ。男子はグラウンドでソフトボールをしていた。なんとかヒットを打ったぼくが一塁につくと、そこには同じクラスの畑山がいた。相手チームのファーストだった。

そのとき彼は、ファーストミットをぽんぽんたたきながら、「ユウスケあのさ、あとでちょっと話できる？」なんて言った。試合に集中していたから、じっとバッターのほうを見たままだったけれど。

「なんやの。なんか、すごく重大なかんじすんなあ」

「あっ、打った」

ボコン！　ソフトボールを打つときの音は、マットレスを足で蹴るような音がする。高跳びで使う、厚あげみたいなマットレスを蹴る音だ。その音がしてようやくぼくは、試合のことを思い出した。ようすも見ないで走り出していた。

内野フライだった。

畑山は前に出て、ボールをキャッチ。それからすぐに一塁をふんで、ダブルプレー。

「ユウスケ、なにやっとんねん。アホかー」

チームメイトの声援が聞こえた。声援じゃなくて、文句か。そして、さっきのダブルプレーのせいだとは思いたくないんだけど、ぼくのチームは結局負けてしまった。ちょっと責任をかんじたけど、すぐに次のチームの試合がはじまったんで、ほっとする。ヒロキは、そっちのチームだった。

「ヒロキ、またヘンなプレーするかな」

試合が終わった畑山は、そう言いながら、ぼくの隣に座った。

「一年のときあいつ、ランナーをアウトにするのに、ボール投げつけよったやろ。キックベースとかんちがいしたとか言うとったけど、あれわらったな。ボールぶつけられたやつ、タンコブできて、半泣きになってたもんな」

わざわざ言わなかったけど、その半泣きになっていたのがぼくだ。そのせいで、ヒロキと仲がよくなった。保健室へ見舞いにきてくれたから。そのときヒロキは、自分が野球のルールを知らないって教えてくれた。いまでも、わからないらしい。

ついでに、男の名誉のために言っておくけど、ぼくは半泣きなんかしてない。目の上にボールが当たって、涙が止まらなくなっただけだ。

「それより畑山、話ってなに?」

「あ、うん。あんなー、すごく言いづらいんやけど……ミカのことで」

「ミカ?」

「あのさ。ようす、おかしくなってない?」

畑山は、足の下の砂をいじりながら言った。どうしてだか知らないけど、地理の授業で習った、〝果樹園〟の記号だとか、〝発電所〟の記号なんかを書いていた。

「まじで、すんごく言いづらいんやけど、オレさ、ミカに告白されてさ、このあいだ」

「えっ、ミカが?」

自分の声が大きすぎて、びっくりしてしまった。父さんがよく、自分のいびきに気がついて起きてしまうときがあるけど、そのときに似ていた。

でも、ちょっと落ちついて考えるとそんなに不思議な話じゃない。

だいたい畑山は、ミカだけじゃなく、女子ぜんたいに人気があった。一年のときからサッカー部の試合にレギュラーで出場していて、一度、テレビに映ったこともある。どうせなら、いっそのことイヤなやつだったらスッキリするんだけど、畑山はそこそこ、いいヤツだった。受験に関係ない教科でも、ちゃんと勉強したりする、ふつうにいい子だった。

「ミカが畑山に言うたん」

「うん。でもさあ、その……オレはあんまりミカのことわからんし、そういうふうに考えたこともなかったから……」

「ふった?」

「うん、まあ、そうかな」

畑山は言った。「そのときオレ、自分はもっと女っぽい子が好きやって、ミカに言うてん。それで断ったつもりやってんけど、なんか、かんちがいされたかもしれんねん」

「かんちがいって、どんなんよ」

「ミカ、女っぽくなろうって努力してるんちゃうかって思って。メールとかにも、そんなん書いてきたから。断ったつもりやってんけど、ミカにはそう伝わってなかったかもしれん。ユウスケさ、思い当たるようなところある？」

「うーん」

そこでぼくは、遠くでやっている、女子の試合のほうを見た。今日はハンドボールらしい。ちょうどミカが試合に出ていて、ボールを仲間にパスしているところだった。

敵か味方か、あのちづるも出ている。ミカとは逆で、退屈そうにコートのはしっこに立ったままだった。先生も仲間も、めんどうくさいのか、なにも声をかけない。あれじゃ、ちづるのチームは一人足りないままで、ゲームをしてるようなもんだな。

「つーか、ある」

「やっぱそうかー。どないしょー。弱ったなー」

「先に言うとくけど、なんぼ畑山のたのみでも、ぼくからミカに話したりはせえへんで」

「うん、わかってる。そんなんしたら、ミカかって傷つくかもしらんしさ」

そして畑山も、ソフトボールから、女子のハンドボールの試合にきりかえたみたいだった。

よりによってちょうどそのとき、とつぜんミカは持っていたボールをちづるに投げつけた。投げつけたと言うより、きっとパスをしたんだろう。でもちづるは、まさかボールが自分にパスされるなんて思ってもみなかったらしい。マンガみたいに、顔面でボールを受けてしまった。メリッていう音まで聞こえそうなぐらいだ。

「あ、やってもうた」

ぼくも畑山も、ほとんど同じことを言った。すでにハンドボールのコートでは、ミカとちづるが言いあいをしている。ミカのほうが声は大きいから、「パスしたのとらんのが悪いんやろ」だとか、「やらんのやったら、コートから出てろ」とか、「カッコつけんどき」なんて言葉ばかり、聞こえていた。

しばらくは、それにちづるもなにか言い返していたんだけど、そのうち、ミカが怒り出してしまって、彼女の胸を強く押した。それでちづるはひっくり返って、うしろに転がった。映画みたいに、まわりには砂煙がまい上がっていた。

それからどうなるかなと思っていたんだけど、ミカは、ぼくたちに気がついてしまったらしい。まあ、ぼくなんてどうでもよくて、きっと、隣にいる畑山に気がついたんだろうけど。女らしい人が好きって言われたばかりで、ケンカするところなんか見られてしまったミカは、急にはずかしくなったにちがいない。顔を赤くして、コートから出ていった。先生が止めにいっても、ミカはきかなかった。

立ち上がったちづるは、いつもどおりクールに砂をはらっていた。

「いっつもあんなんやもん、畑山が断るのも、よおわかるわ」

「いや、ミカはあれでええねんで。ああいうのがミカっぽいからさ。ただ、オレには合わんやろなあ」

畑山はやさしいところがあるんで、兄であるぼくのことまで、傷つけないよう慎重に話していたのかもしれない。でもたしかに、ミカと畑山じゃ似合わないとも思った。二人が並んで歩いているところだって、想像できない。


ところでぼくは、この話を、放課後になってヒロキにも話してやった。そうしたらヒロキは、なんだかわからないけど、怒ってしまった。畑山にもミカにも、それからぼくにも。人のいない自転車置き場では、ヒロキの怒った気持ちが、テニスボールみたいに、あっちこっちと、はねていた。

「畑山はなにをぬかしとんねん、えらそうに。ちょっとモテる思うて、ええ気になっとる」

「でも、べつにええ気にはなってなかったみたいやけどなー」

「ミカもミカや。たしかに畑山はよおモテるけど、なんでミカが畑山やねん。あいつまで、そんなにミーハーなやつとは知らんかった」

「ミカかってべつに、畑山が人気あるから、好きになったわけとちゃうやろー」

「それからユウスケ、おまえもあかんわ。ふつうそういうとき、あにきは怒るやろ」

「怒るって、ぼくが？　なんでよ」

「妹ふったから」

「そんなんで怒ったら、アホ兄みたいやんか」

ぼくは言った。「とにかく、畑山はミカのことが好きとちがうんやで。それやったら、なに言うたってムリやん、しかたない。ムリして好きになられたって、ミカも困るやろうし」

「あーあ」

「なんやのん」

「あのさー。前から言おうと思っとったけど、ユウスケってちょっと、クールすぎる。子供っぽくないっつーかさ。大人すぎるっつーかさ。そのうち、ちづるみたいになるぞ」

「ちづるはこの話と、ぜんぜん関係ない」

それでぼくは、ヒロキの自転車のカゴに、自分の荷物を放りこんだ。いっしょに帰るときは、いつもこうやってカゴの中に荷物を入れ、運んでもらう。ぼくは一度、自転車を盗まれたことがあって、それからは歩いて通っているからだ。

大人ねえ。ヒロキといっしょに歩きながら、ぼくは思った。子供のころからそう言われ続けて育ったっけ。ものわかりがよすぎるだとか、えんりょしすぎるだとか、子供っぽくないとか。そうやってほめられることもあるし、バカにされることもあった。

だけど、しかたがないよな。ぼくは、そういうふうに大きくなったんだから。小さいときから親は共働きだったし、ミカみたいな妹がいた。そのあと、親が離婚した——そういうたくさんのことがあって、ぼくは人より先に、少しだけ大人になってしまっただけのことだ。悪いか。そんなの人にあれこれ言われることじゃない。

ぼくは、ぼく。これが、ふつうのぼくだ。

「ミカ、傷ついてるんかなあ、内心」

ヒロキはそう言うと、自転車のこわれたベルを、ガリガリ鳴らしていた。なんだかヒロキは、まだイライラしている。


ヒロキの家で遊んで帰ってくると、ミカがもう家にいた。ソファに座って、おかしを食べている。だれかがくれた、風月堂のゴーフルだった。中にクリームの入っているやつ。

それをミカは、おばあちゃんみたいに、先に袋の中で割ってから食べていた。かけて小さくなったのは、シアワセに食べさせている。

「ミカ、おまえまた今日、ケンカしとったなー」

「あれはちづるが悪い。あいつ、性格ひねくれてっからさ。ああいうタイプ、ほんま腹立つねん。見てるだけで、むかむかする」

「あんま、そんなん言わんどき。気が合わへんのは、しかたないやろ」

「えらそーに」

そう言うと、ミカはごろんと横になろうとした。いつものことですっかり慣れているシアワセは、その瞬間にさっとはばたいて、ぼくの肩の上に乗った。

乗るなりまたフンをする。そのあとしらばっくれて、ハテナ？　って首をかしげた。ぼくはティッシュで制服をふき、それから、ゴーフルのかけらをシアソセにやった。

「あーあ。ほんま、たまらんなー。おなかも空いてきたし」

「そう言うたらミカ。今日、お父さんのカノジョくる日やで。わかってる？」

「わかってる。せやから、ごはん待ってるんやん。おっそいなー」

「どうせいっつも、こんなに早く食べへんくせに」

「おなか空きすぎたから、部屋で昼寝してこよっと」

するとミカは起き上がって、二階へ行こうとした。ぼくは急いで、「お父さんたち帰ってきたら、ちゃんと下りてこいよ」って、階段にむかって言った。ミカは、父さんに新しい恋人ができたのをよく思っていないみたいで、すぐなにかと理由をつけて、逃げたがっていたからだ。

そりゃあ、ミカの気持ちだって、わからなくはない。でもぼくは、最近よく、夜中に一人でお酒を飲んでいる父さんを見るようになってから、考えがすっかりかわっていた。とてもさみしそうだったから。ぼくがお酒を飲める歳だったら、つきあってあげてもいいんだろうけど、まだムリだもんな。ミカはそんなの、ちっとも知らないんだろう。

ミカが行ってしまうと、ぼくは一人、ソファに座った。シアワセがびっくりしないように、そっと座る。それから、割れていないゴーフルを食べた。ストロベリーのクリームのがいいなと思っていたけれど、中はただのバニラだった。

そのとき、またシアワセに、クチバシを耳の穴につっこまれた。

(な、ユウスケ。合ってただろ)

(なにがよ)

ぼくは、なにもうつっていないテレビを見ながら、そう聞いた。画面が鏡みたいになって、ぼくたちの姿が見えた。そうすれば、いちいち肩の上にいるシアワセのほうを見なくてすむ。

(だから、ミカのこと。やっぱりふられてただろ。それで、女っぽくなろうかなんて思いだしたんだよ。なんとかしてあげないとダメみたいだね。ぼくと、ユウスケ

で）

（おまえさ、だいたいなんで、そんなに人のこと知ってんの。インコのくせに）

（一人になったとき、ミカが自分で言うからさ。話しかけてくんだ。インコだからわからないと思ってるのかな）

（ふーん、そっか）

（そうだよ）

（でもな、なんとかしてなんて言うたって、なんもできんで。ミカはもうふられたんや。相手は畑山ってやつで、まあ、ええやつやねん。ただ、どうしてもミカのことは好きになられへんだけやって。そんなん、どうにもならん。あきらめ、あきらめ）

（ユウスケは、そういうところ、さっぱりしてるよね。子供らしくないな）

シアワセは、まるでヒロキみたいなことを言った。

（もしかしたらってこともあるじゃないか。畑山って子に、もういっぺん話してみよう）

（おまえの言葉、畑山に通じるんか）

(やってみないとわからないさ)

(話してもムダ。それに、そんなんしたら、こんどはこっちがミカに怒られるかもしれん。ミカのことは、ぼくが一番知ってるから、わかんねん)

(そうかな? ユウスケが知ってるのって、家にいるミカだろ? でも、それだけがミカじゃないよ。本当のミカは、もっとちがうかもしれない。家の人には言えない、本当のミカがいるんだよ。で、だれかにそんな自分のことを、知ってほしいのかもね)

(おまえ、ややこしいこと考えるなあ。おせっかいやし)

(実はぼく、『青い鳥』になろうかと思ってて)

(青い鳥?)

(幸せを運ぶ青い鳥。それをずっとめざしてるんだよ。そういうりっぱな鳥になろうと思って)

なに言ってんだこいつ。そう言おうと思ったら、急にミカの声が聞こえた。いつのまにか一階に下りてきたらしい。

「こら、シアワセ。ユウスケの耳食べたらあかん!」

シアワセは急いで耳の穴からクチバシを出すと、びっくりして細くなる。とても、さっきまでぼくと話していたようには見えなかった。

ところで夕飯は、香坂《こうさか》さん（父さんの、新しいカノジョの名前だ）がほとんど作ってくれた。ぼくも手伝おうかって台所に入ったんだけど、「わたしにもちょっとぐらい、いいとこみさせてよ」と、追い出されてしまった。

しかたがないから、野球のナイターをじっと見る。ほかになにをしたらいいのかわからないんで、ミカといっしょにだまって見ていた。父さんもビールを飲みながら、野球を見ている。ここはぼくたちの家なのに、ぜんいん、だれかの家に遊びにきたみたい。ちょうど、あまり仲のよくない親せきの家なんかに、遊びにきてしまったみたいだった。

それでもやっとごはんができあがって、テーブルの上に並べられた。料理はすごく豪華で、ますますだれかの家にきたような気分になった。

「たくさん食べてな」

香坂さんが言った。食事のあいだじゅう父さんは、いっしょうけんめい気をつかって、いつもよりしゃべっているのがわかった。でもミカは、香坂さんがくる日だけは、あまりしゃべらない。ちづるみたいにブスーッとしている。そういうとき、ぼくはミカのぶんもしゃべってやろうと思って努力するんだけど、特に話すこともなくて、結局、香坂さんの質問に答えてばかりいた。

ごはんのあと、香坂さんはコーヒーを飲んでから帰った。父さんが、家まで車で送っていった。そのあいだにぼくは皿を洗った。めずらしく、ミカも自分からいっしょに手伝ってくれたんだけど、それはきっと、なにかを話したかったからだろう。香坂さんがいるあいだ、あまりしゃべれなかったせいで、言葉がおなかの中にたまりすぎていたのかもしれない。

「お父さん、楽しそうやったな」

ミカは、皿をすすぎながらそんなことを言った。ミカがやると、いつも泡が残ってしまうから、ちょっと心配だった。前に注意したけど、「ゴキブリをよせつけへんためのリンスやんか」なんて、おかしなことを言い返されただけだった。

「ほんま楽しそうやったわ。やっぱ、香坂さんのこと好きなんやろうな」

「そりゃそうやろ」

「でもユウスケ。香坂さんは、お父さんのどこが好きなんやと思う？」

「さあ。自分の親やから、かえってわからんけど」

「そうやんな。ちょっと、無責任なところあるし。離婚してから、また太ってきたし。でも香坂さんは、そういう人でも好きなんやんなあ。ユウスケは、ああいう女っぽい人、好き？　おっぱい大きくて、髪の毛長くて、いいにおいする人、好き？」

「ふつう」

「ふつうって、なんやのん」

そして、ミカは、すすぎ終わった皿がたくさん重ねられた、食器乾燥機のダイヤルを回した。いつもどおり、四十五分のところまでグリッと。

「せやけど、あれやな。アタシもちょっと、香坂さんみたいに化粧とかしてみよっかな。みんなしてるしさ」

「ミカが？　ほんまに？」

「ほんまにって、なんでよ」

「だって、そんな女っぽいことすんの、嫌いやったやろ。スカートもはかんくせに」

「せやから、実験やんか。どんなかんじするやろって思ってさ。あっ、そうや。あとでユウスケでも実験したろ」

「なんでぼくまでせんとあかんねん」

そんなことを言ったくせに、結局ぼくは、自分から実験台になった。シアワセがぼくのことを、じっとにらんでいるような気がしたからだ。本当にミカのことをわかってるの？　なんて言われているみたいだった。

でも、なかなか話ってできないもんだ。きょうだいだと、かえってそうなるのかもしれない。口に出さなくてもわかることはたくさんあるけど、口に出せないこともすごくある。だからただ、ずっとベタベタ、化粧をされていただけだった。

おかげで、トランプみたいな顔になった。トランプのジョーカーみたいな顔だ。

「ミカ、いつのまに、こんなん買ったん？」

ジョーカーみたいな顔になったぼくは、ミカの机の上にのっている小物入れをとり上げてそう聞いた。中には、なにに使うのかよくわからないものが、ごろごろ入っている。

「今日買《こ》うてきてん。おためしメイクセットってのの売ってたから」

「へえ」

そして、鏡の中に映っているミカをじっと見た。こっちも、化粧はほとんど終わったらしい。

「ちょっとユウスケ。そんな、オバQみたいな顔で見んどってよ」

「おまえがやったんやろ」

「友だちで、そういう顔の子、おるわ」

クスクスと鏡の中のミカがわらった。でもそのときぼくは、とてもびっくりしていた。鏡の中でわらったのは、まったくちがう女の子だったからだ。オトコオンナのミカじゃなかった。ぼくの知らない、新しいミカ。ミカIIだった。

それでぼくは、すっかりおどろいていたんだけど、オバQみたいな顔だったから、ミカにはわからなかったんじゃないかな。おどろいているのか、わらっているのか、よくわからなかったはず。自分で見ていても、わからなかったぐらいだから。

それでふと、思った。大人になると、女の人が化粧をしたくなるのは、いろんな気持ちを隠すためじゃないかなって。

嫌いなのに、嫌いじゃないふり。楽しくないけど、楽しいふり。泣いているけど、わらっているふり。そうしないといけないときが、ふえるせいじゃない？

むかしの母さんみたいにさ。

4　まっすぐゲーム

次の日、ミカは化粧をしたまま学校に行った。もちろん、ゆうべみたいな化粧じゃなく、ちょっとリップをぬったぐらいだ。でも、ミカにとってはすごいことだと思う。あの、オトコオンナのミカが、リップなんてぬったんだから。おかげで、朝のホームルームのときに、いきなり担任の先生に見つかった。ほかにも化粧をしてる子はいるんだろうけど、ミカの場合は、よけいに目立ってしまう。

先生は、「授業がはじまる前に保健室に行って、リップを落としてこい」と言った。ミカは素直に、「はい」って答えただけだった。

それでも放課後になったら、またぬるだろう。ミカの性格からして、きっとそうだ。ミカは、どうでもいいようなことで、いちいち先生に反抗しないけど、やりたいことはぜったいにやる。怒られても怒られても、やってしまう。それはたぶん、反抗なんじゃなくて、ガンコだからだ。

たとえば一年生のとき、こんなことがあった。ぼくたちの学校では、学校に学生カバンを持って行かないといけないんだけど、ミカはそれが嫌いだった。弁当が、タテにしないと入らないからだ（ミカの弁当は、けっこう大きい）。タテに入れると、おかずやごはんが片側によってしまうのがイヤなんだと。それで入学したばかりのときから、ずっと大きなリュックで学校に通った。なんども先生に怒られたんだけど、そのたびに、はいわかりましたって言う。反抗もしない。文句も言わない。でも次の日になると、やっぱりリュックを持って学校に行くわけだ。

その日もミカはぼくの思ったとおり、放課後になると、さくらんぼみたいな色をしたリップをぬり直していた。日に焼けた黒い顔のせいで、その色が、すごくきれいに見える。朝のホームルームがはじまるまでは、畑山もその色を見たはずだよな。そのときあいつ、ミカのリップのことを、どんなふうに思ったんだろうと考えてしまった。

ところでその日、ミカの入っている陸上部は休みだった。顧問の先生が、どこかの会議に出席しないといけないらしくって、部活も休みになったらしい。それで、もともと部活に入っていないぼくとヒロキと、三人でいっしょに帰ることにした。

夏の午後は、ビローンとだらしなくのびているみたいだった。日が長くなったせいで、四時になってもまだ、夕方ってかんじがしない。それでも四時は、やっぱり昼じゃない。だからそれは、名前のついていない名無しの時間だった。

退屈になるのは、いつもそういうときだ。名無しの時間に、おそわれる。だからぼくたちは、〝まっすぐゲーム〟をはじめることにした。大したゲームじゃないんだけど、あまりにやることがないときは、ぼくとヒロキはよくこうやって遊んでいる。

ルールは簡単だった。まず、だれかが木の棒を投げる。それで、その棒が向いたほうに、ずんずん歩いていくだけのゲームだ。

ただしなにがあっても、まっすぐ歩いていくこと。

「前にこれ、ユウスケとやったとき、すんごいやばかってん」

木の枝を見つけてきたヒロキは、ニヤニヤしながらそう言った。

「消防署にぶち当たってさ。せやけどゲームやから、そのまままっすぐ進んだで。あんなに近くで消防車見たんはじめてやったわ。消防車の下をくぐってんで」

「アンタらは、子供なことしてんな」

ミカは、さくらんぼ色のくちびるで、そう言った。「ほんで、最後はどうなったんよ」

「消防署の人に見つかったから、逃げたよ」

「言うとくけど、ぼくはそんなんやってないで。消防署に当たったところでやめたもん。消防車の下をくぐろうってしたんは、ヒロキだけ」

「せやったかなー」

そしてヒロキは、ミカに木の枝を渡した。ミカがそれを、空に投げる。すごく強く投げたんで、空中で長いあいだくるくる回って、ようやく地面に落ちた。

それからぼくたち三人は、枝が指した方向に、まっすぐ歩いていった。最後まで降参しなかったやつが、二人にジュースをおごってもらうことになっていたから、その日はぼくも真剣にやることにした。公園の、葉っぱが痛い植えこみも、がまんして越えた。スーパーマーケットの中に入ってしまったときは、仕事をしている人が使う扉から、知らないふりで出ていった。

それでもやっぱり、一番どきどきするのは、どこかの知らない家の庭を横切るときだ。見つかったら、どうなるかわからない。でもミカは、人の家の庭だろうとなんだろうと、簡単に走りぬけていった。こんなゲームは子供みたいだって言っていたくせに、けっこう楽しそうにしている。おかげでぼくたちまで、足の速いミカについていかないといけなくなった。あとになればなるほど、見つかる可能性も高くなるから、なるべく先につっきったほうがトクなのだ。だけどミカにはかなわない。足が速すぎ。これじゃもう、ミカの勝ちになるかなあって、ぼくもヒロキも思いはじめていた。

そんなとき、ミカはとつぜん入るのをやめた。どこかの家の前だった。

「ミカ、どないしたん」ヒロキが言う。「うしろからおしり押したろか?」

「変態、だまっとき。アタシ、もう帰ることにしたから、あとはアンタらでやっときいよ。アタシの負けでええ」

「負けでええって、なんやねん。ユウスケ、なんか言うたって」

「ミカ、なんか用事あったん？」

「なんでもない。とにかく帰るで」

ミカはそれだけ言うと、帰ってしまった。

一体、なにが起きたのかよくわからないぼくたちは、それでもしばらく塀の下にいた。だけどこれ以上、二人で張り合うのもバカみたいだったから、ゲームは途中で中止。学生服についたほこりを、エチケットブラシではらうと、そのまま塀から離れた。だけどまだ退屈がたくさんあまっていたから、二人で川にでも行くことにした。ほかにやることがないから、しかたがない。

するとヒロキが、あっ、て言った。ちょうど、さっき入ろうとしていた家の、門の前を通ったときだ。表札には、畑山って書いてあった。

「もしかしてここ、畑山の家やったんとちゃうか〜。それでミカ、急に遊ぶのやめたんとちゃう？」

「畑山なんて人、けっこういるやろうし、わからんわ」ぼくは言った。

「いや、ぜったいうちのクラスの畑山やわ」

「どっちでもええやんか。ヒロキ、もう行こ」

ミカといっしょで、そこから早く離れたい気持ちになっていたぼくも、さっさと先に歩いていった。ヒロキはうしろで、「なんやユウスケまで」なんて文句を言いつつ、ついてきた。どうしてぼくまで、こんなに早く、畑山の家から遠ざかりたいのか、自分でもわからなかった。

河川敷には日かげがなくて、すごく暑い。地面にはレンガみたいな石が敷きつめられているから、これがまた、真夏のプールサイドみたいに熱くなる。それでも夕方になると、たくさんの人がジョギングをしたり、犬の散歩をしていた。どれだけ暑くても、みんなこの場所が好きらしい。

ぼくもヒロキも、ここが好きだった。

そしていつもここにくると、どうしてだか、マジメな話ばかりしたくなる。悩んでいることばかり、話したくなるから不思議だった。

「なんか、ユウスケまでヘンになってもうて。畑山の話とかしたからか？」

河川敷におりる長い階段に、ぼくたちは座っていた。ヒロキは、目の前にあった雑草を一本むしりとって、それをくるくると回した。

「おまえまで畑山のことなんて気にせんでええやろ、ユウスケ」

「うん、まーな」

と、ぼく。川の向こうがわにある階段にも、中学生みたいな子たちが、たくさん座っている。なんだかそれは、おひなさまの段飾りみたいに見えた。

「なあ。ところでヒロキってさ、好きな子おる？」

「なんや急に。オレだけ白状すんのイヤやからな。ユウスケから言えや」

「そんなんとちがう。せやなくて、その子のこと、なんで好きになったんかなって聞こうと思って」

「ユウスケ、なに言うてんねん。好きなんは、好きに決まってるやろ。かわいいし、性格がよかったら、好きやん」

「じゃあ、その子とつきあったら、なに話す？」

「なにって、学校の話とか、テレビの話とか、あとは音楽の話とかちゃう。なんで？」

「ヒロキは自分のこと、その子にわかってほしいなって思う？　自分のこと、いろいろ話したいなって思うかなあ」

「よおわからんけど、そりゃそうやろ。友だちかってそうやし。自分の好きなもんとか、話すやんか。ユウスケやって、好きなゲームの話とかするやろ？　当たり前やん。オレかって、ええ曲とか聴いたら、おまえに教えるし」

「でも、なんでやろ？　べつに、だれにも教えんかったってええやん。自分が好きなんやったら、もうそれだけでええやんか。せやのに、なんで教えたくなるんやろなあ」

ぼくがそう言うと、ヒロキはふざけて、おでこに手を当ててきた。熱でもあるんじゃないのって言いたいらしい。

「ユウスケはさっきから、なにをヘンなこと言うてんねん。好きな子に自分のこと知ってもらいたいって思うのなんて、当たり前やんか」

「そっかな」

そしてぼくは、やっぱりミカのことを考えていた。シアワセが言っていたみたいに、ミカはいま、本当の自分のことをだれかにわかってほしいんだろうか。化粧を落としたときの顔みたいに、家族用でもなく、学校用でもなく、部活用でもない、本当の自分を見せたいのかな。それも、どうしてだか知らないけど畑山にだけ。

「やっぱり、わかってほしいもんかなー」

「そりゃそうや」

「でもな。そんなん言うたら、ぼくのことなんて、だれも知らんで。親と先生ぬいたら」

「オレがおるやん。ユウスケのことやったら、ぜんぶ知ってるっちゅうねん。好きな食べ物はカレーやろ。運動は嫌いで、得意科目は国語と社会やろ。身長は……」

「ヒロキに知られてても、あんまうれしない」

「それやったら、おまえもはよカノジョ作れ」

ヒロキは、ぼくの首のうしろから、さっきまで持っていた雑草を入れた。いっしょに土も入ったみたいで、背中がいきなり気持ち悪くなった。ぼくはぎゃあぎゃあ騒ぎながら、立ち上がってシャツをばたばたやった。

ヒロキもわらいながら手伝っていてくれたんだけど、そのうちぴたりとやめてしまう。

「おまえに用事あんのちゃう?」

ヒロキが言った。彼が見ている方角には、木でできた大きな橋がかかっているんだけど、その上に女の子たちが三人いるみたいだった。みんな手すりにもたれて、こっちをじっと見ている。

ちづるたちだった。

「あ、こっちくるで。ちづる苦手やから、帰ろっと」

「あっ、ずるい」

「ユウスケの話やろ。オレ、関係ないもん」

ヒロキは自分のカバンを持って、すっくと立ち上がった。「終わったら、メールくれな。家に遊びにきてもええで。どうせ今日は、なんも用事ないから」

「メールなんてせえへんからな」

「いまのうちカノジョ見つかったら、来月の修学旅行、楽しいやろーなー」

ぼくはそこで、さっきまで背中に入っていた雑草をヒロキに投げつけた。でもそれは、くしゃみみたいな風のせいで、ヒロキに当たる前に落ちてしまった。

ヒロキが行って少しすると、ちづるたち三人組が橋を渡って、ぼくのそばにやってきた。本人のちづるだけは、ほかの二人のうしろについている。

イヤだなあと、思った。いますぐ雨でもおちてきたら、そのせいにしてどこかに行けるのに。

「葉山、一人でなにしてるん」

女の子の一人が言った。あまり仲がよくない子は、ぼくのことをこうやって名字で呼ぶ（なのにどうしてだか、ミカはみんなに名前で呼ばれる）。

「川で泳ぎたいんか？」

「アホか」

「あのさー。ちょっと、ちづるが話あるって言うんやけど、ええ？　わたしらむこう行っとくから」

「ちょっとだけやったら、ええけど」

「ほんなら、ちづる。むこうで待ってるから」

二人はそう言うと、また橋のほうへもどっていってしまった。ぼくとちづるだけが残されてしまう。最悪だ。

「葉山、元気？」

「元気」

ぼくは言った。本当にちづるみたいな子は、苦手だった。だからって、ぼくまでブスーッてしているのもヘンだ。そこで、なにかしゃべらなきゃ、なにかしゃべらなきゃって一生懸命考えるから、ますます苦手になる。ちづると会うと、しゃべってもいないうちに、疲れてしまう。

しかも結局、「ちづるは元気？」なんてことしか言えなかった。

「元気やった？」

「元気やよ」

ちづるが答えた。

そのあとは三十分ぐらい、ほとんどなにもしゃべらなかった。いや、ちゃんと口はきいていたんだけど、ただちづるの質問に答えていっただけだ。

最後には、やっぱりこんな質問になった。

「葉山は、いま、好きな子おる？」

「い、いまはおらんけど」

「ほんなら、好きな子のタイプは？」

ちょっと意外だったけれど、ちづるも学校の外だと、わりと話すみたいだ。学校じゃいつも「つまんない」「うざい」「やりたくない」しか言わないくせに。

「タイプなんて言われてもなあ」

「なんかあるやろ。どんな子が好き？」

「うーんと」

しかたなくぼくは、元気がよくて前向きな人かなって答えていた。本当はそれって、学校にはってある〝あいさつ運動〟のポスターに書いてあった言葉だ。でも、タイプなんて、それぐらいしか思いつかない。本当はいっしょにいて楽しい人だったら、それでよかった。そりゃあ、むりして言えば、ちょっとだけ目が大きいほうがいいけど。身長の高い子も。ちょっと、ぽっちゃりしてる子。カッコつけない子。それであとは、あとは……。

まだ考えているうちに、ちづるが言った。

「それだけ？　元気よくて、前向きな子？」

「だいたい、なんでそんなん聞くんよ」

「アホなこと言いな。あんたに興味あるからに決まってんやん」

「えっ。でもぼくはいまんとこ、カノジョとかほしないし」

「いつかほしくなるかもしらんで。修学旅行も近いし」

「えーっと」

「そもそも葉山は、わたしのこと、どっちかって言うと好きなん？　嫌いなん？」

そんな質問は、ひきょうだ。好きだって言ったら、つきあうみたいだし、嫌いだって言ったら、なんだか悪いことをしてるみたいな気がする。だから、どっちにしたって困ってしまう。ちょこっとだけ、モテモテ畑山の気持ちもわかるような気がした。あいつは毎月、こんな目にあってるんだよな。あいつもあいつで、いろいろたいへんなんだろう。

「どっちでもなくて、ふつう。いや、ふつうって言うか……その……ぼくはあんま、ちづるのこと、とくべつに考えたことないねん。せやから、なんて言ったらええかわからん」

「ほんなら、これからもふつう？」

「たぶん、そうやと思うけど」

「そうなん」

そしてちづるは、さっと立ち上がると、階段を上がっていった。上の歩道のところでは、ちづるの友だち二人が待っていた。ぼくは、その子たちをふりかえる勇気がなかったんで、そのままじっと座って雑草をブチブチぬいていた。

しばらくすると三人が、もといた橋の上に立っていた。三人はなにか話し合いながら、じっとこっちを見ている。

あいつら、なにかに似てるんだよなって思ったら、カラスだった。フェンスの上なんかにとまって、じっとにらんでくるカラスみたいだった。

こわ〜。


そして、（予想はしてたからいいけど）次の日からぼくは、ちづるたちにムシされるようになった。まあ、もともと二年間も同じクラスにいて、ほとんどしゃべったこともなかったんだから、ムシをされても、あまり関係ないんだけど。だいたいちづるのグループは、自分たち以外の友だちだと、ぜんぜん口をきかないしさ。

それでもやっぱり、イヤーな気持ちにはなった。

「それでよかったで」

ぼくがちづるのことを話すと、ヒロキはそう言った。ちなみにぼくたちは最近、昼休みになるといつも、体育館ですごしている。校舎の中にいるよりはすずしいからだ。しかも、体育館の中でも一番すずしそうな舞台の上に寝そべっていた。

「ムシされたってべつに関係ないやん、あいつらにやったら」

「まあな。せやけど、ちょっとイヤな気がするやんか」

「もともと、しゃべったりせんくせに」

そのとき、男子たちにまじってバスケットをしていたミカが、「ちょっとアタシ、きゅうけい！」と大きな声で言うのが聞こえた。はじめから適当な人数でやっていたみたいで、一人ぬけてもゲームはそのまま続いた。

ミカは、こっちに向かって走ってくると、そのままの勢いで、舞台の上にガバッと飛び乗った。

「なんや二人で、ヒソヒソ相談してからに。また、ちづるたちの話してるんとちゃう？　もうええやんか、あんなやつら。だいたい、いっつも三人でおって、気色悪いねん」

「オレらかって、よお三人でおるやん。ユウスケとオレとミカで」

「アタシらはええんよ。人をムシしたりせえへんし」

ミカは足だけをぶらぶらさせたまま、うしろに寝そべった。おでこに汗の玉ができている。ヒロキがうちわであおいでやると、ミカは目を細くして、「気持ちいいー」と言った。そのうちわは、クーラーのないしゃくねつ地獄みたいな学校で使うために、わざわざ家から持ってきたやつだ。駅前にある焼肉屋でもらったやつ。店の名前の下には、「夏のスタミナ、焼肉！」ってさけぶ、牛のマンガがかいてあった。自分が焼かれて食べられるくせに、やたらとうれしそうな顔をした、牛のマンガだ。

「ああいうグループには、ムシされるぐらいのほうがええで」

「せやせや、ミカの言うとおりや。だいたい、ちづるってさ、いっしょにいてもおもろなさそうやもん」

「まあ、そうかもしれんけど」

「せやったら、それでええやんか」

ミカはそう言うと、ヒロキからうちわをひったくって自分であおぎだした。「せやのになんで、おもろなさそうな顔してんのよ」

「うん、なんでかな」

ぼくはそのとき、こんなことを思っていた。あんなちづるでも、本当はやっぱり、だれかに自分のことを知ってほしかったのかなあって。そんなこと考えるから、またヒロキにバカにされるんだろうけど。

「よおわからん。でも、ま、ええねん」

「なーユウスケ。ちづるなんてほっといて、はよおオレらもカノジョ作ろな。修学旅行までに。ミカも、女子でだれか知らんの？　かわいくて、やさしくて、元気な子紹介して」

「いっぱいおるけど、まずアンタのことは好きにならんやろな」

そしてミカは、ますます強くうちわをあおいだ。かえって汗が出てくるぐらいに。口のすぐそばでやるもんだから、声が宇宙人みたいにゆれていた。

「でもユウスケ。人をふるときって、どんなかんじやった？」

「えっ？」

「どんなかんじするんかなって思うてさ。気持ちよかった？　ざまーみろって思った？」

「そんなん、思わんかった。それより、しんどかった。やっぱりちょっと、悪いことしたなって気持ちになるし」

「そんなもんなんか」

ミカは、すごくふつうの顔でそう言った。ただ、ぼくもヒロキも、ミカがふられたことを知っていたから、ついつい、ぎこちなくなっていた。

「せや、知ってた？　言うの忘れとったけど、アタシも最近ふられてん」

「へえ」

ぼくたちは、そんなことはじめて聞いたような言いかたをした。そのくせ、だれにふられたんだとか、どうしてだとか、いつもならぜったい聞く質問もしなかった。

「けっこう、へこむかなって思うたけど、そうでもないな」

「ふーん」

「そんなもんやねん」

ミカはうちわを放り投げて、舞台からおりた。たまたま近くに転がってきたボールをとり上げると、男子たちにまじってバスケをはじめる。

「あー、びっくりした」

ミカがゲームに参加してから、ヒロキは、とても小さな声で言った。

「ミカが、自分であんなこと言うとは思わんかったわ。オレ、なんて言うたらええんかわからんかった。へえ、とか言うてもうたで。ちょっと、わざとらしかったかな」

「ちょっとな」

「だいじょうぶかな、ミカ。最近、おっぱい小さくなってへん？」

「は？」

「なんか、小さくなった気いせえへんか」

「そんなん知るか、変態」

「アホ、エロ話とちゃうんじゃ。もしかしたらミカ、ふられて落ちこんでるんかなって思ったの。あいつ最近、あんまごはん食べへんようになってる。女ってダイエットとかしたら、おっぱいから小さくなるんやで。あねき言うとった」

「もう行こか。次、技術の授業やろ。はよ行っとかんと、センセうるさいで」

「うえー、技術か。ラジオなんて、作ってもしゃーないのにな」

ヒロキは言った。ヒロキはなぜかこういう、男子がよろこぶような授業ばかりイヤがる。音楽は好きなくせに、野球のルールは知らなかったりする。もしかしたらヒロキも、オンナオトコになれたかもしれないのにな。ぼくは、心の中でイジワルにそう思った。ちょうど、ミカの反対でいいかもよ、なんて。

そうしたら、偶然ヒロキまで「ミカって、オレやったらあかんのかなあ」と言い出した。びっくりした。

「オレとミカやったら、わりと、似合うような気がするんやけどなー」

「マジメな顔で言わんとき」

「いや、マジで」

「アホくさ。先行くで」

ぼくはさっさと体育館を出ると、ちらばっているうわばきの中から〝2－4　葉山ユウスケ〟って書かれているやつを探した。すると〝2－4　清水ヒロキ〟というのが先に見つかった。

それを軽く蹴って、左右をバラバラにしてやった。二足ぶんを見つけるのは、たいへんだろう。

ざまーみろ。ぷー。

5　ぼくが二十歳になったら

中学生のおこづかいの平均って、いくら？

ちなみにぼくの家は、一ヶ月で千五百円だ。漢字で書くとすごい数みたいだけど、数学で使うアラビア数字で書くと１５００円。少ない？　多い？　ぼくは足りない。

ヒロキの家も千五百円なんだけど、これでけっこう足りるって言っていた。でもあとになって、ヒロキが、正月のお年玉をたくさんもらっていることに気づいた。こいつは、近所に親せきがたくさんいるからだ。おこづかいが足りないときは、貯金しておいた、あまりのお年玉を使えばいい。

だけどぼくの場合、お年玉は父さんからしか期待できない。まだ大阪の枚方《ひらかた》に住んでいた小学生のあいだは、母さんの家の親戚が近くにいたから、けっこうもらえたんだけど、いまはムリだった。親が離婚してしまったんで、父さんの親戚にしか会えないもの。父さんの親戚はみんな関東で、家からは遠い。

だから、お年玉はだいたい一万円。

一年に一万円ってことは、月で割ると、だいたい八百三十円。さっきも言ったとおり、これに月のおこづかいを足したら、八百三十円＋千五百円で、二千三百三十円。

つまりぼくは、ひと月に二千三百三十円しか使えなかった。

それだと、ジュースやおかしを毎日買ってたら、かんぺきに、毎月ぴったりなくなってしまう。ゲームやＣＤを買うには、節約してお金をためなくちゃいけなかった。

だから夏は最悪だ。冬だったら、一日、ジュースをがまんすることはできるけど、夏にはそうもいかない。大人たちが、夏バテで食欲が落ちて困ったなんて話をしているけど、ぼくはいつもと同じようにおなかがへる。ジュースもいるし、おかしもパンもいる。なのにゲームソフトもＣＤも、夏だけ安いってわけじゃないから困ってしまう。

とにかくそんなわけで、九月の終わりでもまだまだお金がかかる。そこでぼくは、放課後に用事のないとき、よく中古ゲームショップだとか、大きな駅前のＣＤショップに通った。もちろん、ただで新しいゲームをやったり、ＣＤを聞いたりするためだ。その中で、どうしてもほしくてたまらないものが出てきたときだけ、すごくよく考えて買うことにしていた。

その日もぼくは、一人でCDショップに行った。新曲をいくつか聞くと、いいのが何曲もあった。でも有名なアーティストのばかりだったから、友だちにたのめば、たぶんダビングしてくれるだろう（ちょっと節約）。次はゲームショップに行った。店は、駅前デパートの裏にある、小さなビルにあった。ぼくはそこで、おためし用のソフトを五分間やった（これも、ちょっと節約）。

そしてぼくは決心した。早く大人になってやろうって。そうなったら、じゃんじゃん働いて、思うぞんぶんCDとゲームを買ってやろう。

そんな思いで、ぼくはゲームショップから出た。おためしゲームは、一人、十分までしかできないからだ。するとそのとき、見慣れた車が、道路のはしっこに停まっているのを見つけた。エンドウマメみたいな色をした小さな車なんだけど、それがなぜか、ぼくの家のそうじ機にそっくりなんで、すぐにわかった。

ぜったいに、香坂さんの車だ。

ぼくは車に近づいてみた。やっぱり香坂さんが、車の運転席に座っていた。携帯でだれかにメールを打っている。窓ガラスから中をのぞいていると、かなり時間がたってからようやくぼくに気づいて、ドアを開けてくれた。

「なんやユウスケくん。こんなとこで道草くってたんか」

「もう学校終わったから」

どうしてだか、父さんとミカがいない場所では、ぼくはすごく大人になれた。香坂さんとだってふつうにしゃべることができる。不思議なもんだ。

「それに、道草くってるのはそっちやんか。仕事サボって」

「あはは、ほんまやな」

そして香坂さんは、助手席にのっていた大きなビニール袋を、うしろの席によけた。近くの本屋でもらえる、黄色いビニール袋だ。中身が透けて見えるんで、それがぜんぶ本だってわかった。たくさん本を読む人なんだな。

「家に帰るんやったら、送ったってもええよ。たまたまこっちまできたついでやし」

「ほんなら、そうしよっかな」

そしてぼくは、車に乗りこんだ。本当を言うと、歩いたとしても家までは大した距離じゃない。ぶらぶらいろんな店を見たりしながらでも、三十分ぐらいで着く。それでもぼくは、車に乗った。早く家に着きたかったとかいうんじゃなくて、香坂さんと、ちょっとだけ二人きりで話したかったからだ。

ぼくはシートベルトをしめると、うしろに置かれた、本がたくさん入ったビニール袋をちらっと見た。

「あれぜんぶ、香坂さんの?」

「うん? あー、あの本な。せやねん」

香坂さんもそこで携帯電話を折りたたんで、車の中の充電器にさした。たしか香坂さんの仕事は、保険の営業をする人だったと思う。車でいろんな所に行って、保険に入ってくださいってたのむ仕事だ。それでいつも、この小さな車で町を走っているわけだ。父さんより車の運転がうまいのは、いつも仕事で使っていて、慣れているからだろう。

「あれ、ぜんぶ仕事で使う本?」

「え? ううん、ちゃうよ。ただの本。わたしが好きで買うたやつばっかかや。新しいのなん冊かほしかったから。小説ばっか。あんたには、まだちょっと早いかな」

「ぼくも、ときどきは読むよ」

「そうなん」

「うん」

「せや。わたしが仕事サボって木買ってたなんて、お父さんに言うたらあかんで。お父さん、わたしの上司やからな、あれでも」

「へえ」

　そう言えば、ぼくは父さんがなにをして働いているのか、よく知らなかった。保険の人、とだけしか知らない。香坂さんとはちがって、車にはあまり乗らない仕事をする、保険の人なんだろう。それで、香坂さんの上司か。

　そのうち香坂さんは、ウインカーを点滅させて、車を出した。車の中はクーラーがきいていて、気持ちがよかった。信号で速度を落とすたびに、うしろのビニール袋がゴソゴソいった。

　ぼくはその音を聞きながら、ちょっと考えた――もしも、父さんが香坂さんと再婚できたら、家では、新しい本も読み放題になるかな？　図書館には入っていないようなやつでも、どんどん読めるかもしれない。

「なあ、ユウスケくん。今日はこれから忙しいん？」

読み放題の本にうっとりしていると、香坂さんが聞いてくる。

「あんた、塾は行ってなかったやんな」

「あ、うん。今日は、なんもやることないよ」

「ほんなら、ジュースでも飲もっか。今日は一日暑かったから、のどかわいたやろ。わたし、おごったるからな」

「やった」

ぼくは言った。で、てっきりコンビニにでもよるのかと思っていたら、香坂さんは、わざわざファミリーレストランに入った。

店の中は、夕方であまりお客はいなかった。冷房がすごくきいていて、南極みたいだった。ぼくはそこで、新登場のマンゴージュースっていうやつをたのんだ。香坂さんは、あったかい紅茶をたのんでいた。それを飲みながら、いろんな話をした。学校の話からテレビの話、それに音楽の話も。父さんよりずっと、話が通じたんでうれしかった。

でもちょっと、楽しすぎたみたいだ。ぼくはつい調子にのって、「香坂さんが、早く家に引っ越してきてくれたらええのに」なんて言ってしまった。

父さんが隣にいたら、おどろいて、たおれてしまったかもしれない。

「引っ越し？」

「あっ、うん、そう。べつに、引っ越しじゃなくてもええけど」

「そう」

「あ、でも、引っ越してきたほうが、もっとええけど」

自分でも、なにを言ってるのかわからなくなった。さっきまでは、父さんやミカがいないほうが、よほどうまくしゃべれると思っていたんだけど、今度は不安になっていた。

「なんか、ヘンなこと言うたかも」

「うーん」

香坂さんは、ぼくの言葉を聞いても、どっちでもないような顔をしてわらっていた。さっきまでとはちがって、すごく大人に見える。いっしょにいろんな話をしていたのだって、香坂さんが大人だから、ぼくに合わせていてくれたんじゃないかなって思えてきた。

「……あの。香坂さんって、父さんのこと好き？」

「えっ？」

一瞬、香坂さんがおどろいた顔になる。大人の顔がくずれた。

「なんで？」

「好きなんやったら、結婚してやってください」

「うん。あ、ありがと」

「い、いえ。こちらこそ」

「ユウスケくんは、それでええの？」

「はい」

心臓がドキドキしていた。ぼくは一体、この人になにを話してるんだろう。カノジョになってくださいって、女の子に一度も告白したことがないくせに、この人には父さんのお嫁さんになってくれなんて言ってる。ぼくとミカの新しい母さんになってくれなんて言っていた。

大人ならこういうとき、なんだかヘンなことになってしまったときは、コーヒーを飲んだり、タバコを吸ったりするんだろうな。少し気持ちを落ち着かせられるだろう。でもぼくはまだ子供だから、そのまま続けるしかなかった。子供のほうが、やっぱりいろいろとたいへんだ。

「できたら、なってください」

「うん。それやったら、がんばるわ、わたしも。そんで、あんたたちが二十歳になるころには、そうするかも」

「あんたたちって、ぼくとミカ？」

「そう。あんたたちが二十歳になったら、考える。お父さんとも、そういう話をちょっとしてんねん」

思わず、「えー」ってバカみたいな声が出そうだった。抜きうちの漢字テストがあるって言われたときみたいに。だって、ぼくたちが二十歳っていったら、まだ六年もあるんだもの。逆に考えたら、いまから六年前なんて、ぼくは八歳だった。小学校の二年生だ。

「二十歳？　二十歳って、すんごい先やけど」

「あと五年？　ちゃう、六年か。すんごい先かな。あんたらにとったら、そうやわな」

そう言うと香坂さんは、ちょっと遠くを見た。だれか知ってる人でも近づいてきたのかなと思ってふりかえったけれど、そこにはだれもいなかった。

ぼくには見えないなにかが、香坂さんには見えるのかもしれない。

たとえばそれは、六年後のぼくたちだとか。


家に帰ると、ぼくはなにげなく応接間を通った。ちょっとおなかがへっていたから、冷蔵庫を開けた。そのときなにか、いつもとちがうところがあるような気がした。でも、冷蔵庫も台所もいつもと同じだった。

それでも、なんかヘンだという気持ちは消えなかったから、応接間にもどってみた。そうしたら、やっぱりいつもとちがうところがあった。

鳥カゴの中に、シアワセがいなかった！

朝、学校に行くときには、たしかにいたはずだ。でもいまは、鳥カゴの扉は閉まっているのに、中にはいなかった。なにかあって、先に帰っていたミカが、どこかに持っていったのかも。ぼくはそう思った。

そこで、ミカが一度家に帰ってきたのかどうかたしかめるつもりで、二階に上がろうとしたら、ちょうど玄関のドアが勢いよく開いた。

「ただいまーっ……わっ！」

ミカの声といっしょに、鳥がはばたく音がしたんで、急いで玄関に行ってみる。

すると玄関の前では、ミカがぽつんと空を見ていた。

「ミカ、どうしたん？」

「シアワセが、逃げてもうた」

ぼくも空を見た。そうしたら空には、シアワセが飛んでいた。空色のつばさが、パタパタゆれている。あまり飛ぶのは得意じゃないみたいで、ずいぶんしんどそうだったけど、さすがにぼくたち人間には届かない。

「なんで、こんなとこにおったんやろ。ユウスケ、アンタやな？」

「ちゃうちゃう。帰ってきたら、鳥カゴにもうおらんかってん。どこにおるんか、探してたんや」

「アイツ、玄関に隠れとったんかな」

ミカは心配そうに言った。

ちなみに、いままでだってシアワセは、二回ぐらい家出したことがある。どっちにしても、ちゃんと自分から帰ってきた。だからミカだって、もう少し慣れてもいいはずなんだけど、どうしてもそうはいかなかった。ミカはシアワセのことを、すごいラッキーアイテムだと思っていたからだ（アイテム、なんて言ったらシアワセが怒るかもな）。もしかしたらそれも、『幸せの青い鳥』からきてるのかもしれない。

「最近、食べるもんが気にいらんかったかな。食べ物が悪いから、逃げたんかも。帰ったら、レタスの白いところ、たくさんあげんとあかんな。あの子、好きやから」

「でもあいつ、どうやって外に出たんやろ」

「ああ、それかあ。アタシ、前に教えたことがあったから」

「鳥カゴの開けかた？」

「うん。ダンスのほかになんかできへんかなって思ってさ。そんで、自分で鳥カゴを開けて出られるように教えてん」

なるほどそういうことか。ぼくは思った。

ミカはそのあと、しばらく電話をかけていた。友だちに、シアワセを見つけたら教えてくれってたのんでいたらしい。いくつかそんな電話をかけたあと、おかしの入っている棚から、おにぎりせんべいの袋をとり出し、ソファに寝転がった。むかしのミカは、少しからだを曲げれば、そのソファにすっぽりと入っていたけれど、いまは、ひざから下がはみ出してしまう。だからいつも、ソファの横にかかとが当たって、太鼓みたいな音がする。

「あー、もしシアワセ見つからんかったらどないしよ」と、ミカ。

「そこまで心配せんでもええんちゃう？　前も見つかったしさ。ミカには友だち多いから、だれか見つけてくれるやろ」

「そう言うたらアンタ今日、香坂さんとおったやろ。その、友だちが見かけたって言うとったで」

「せやで。偶然会《お》うた」

「ユウスケってさ、香坂さんと二人きりになったら、どんなこと話すんよ」

「いろいろ。なんで？」

「よお二人きりで話すこととかあるなーって思って。アタシなんて、緊張して、よおしゃべらん」

そしてミカは、おにぎりせんべいをかじった。ちょっとしけっていたみたいで、いい音はしなかった。またぱりぱりにもどるから、あとで冷蔵庫の中に入れとこう。

「ユウスケはほんま、女くさーい人としゃべるん、好きなんやな。おっぱいの大きい人と」

「アホか、なに言うてんねん」

「好きやから、アタシみたいに緊張せえへんねん」

「ミカの場合は、緊張とちがうやろ。もともと、しゃべりたないねんから」

ぼくは、ちょっと余計なことを言ったかなとも思った。どうしてだか今日は、少ししゃべりすぎてしまうみたいだ。

でも、途中まで言いかけてしまったんだから、ついでに言っておこう。

「ぼくがしゃべりすぎとちごうて、ミカが、香坂さんとしゃべらなさすぎやねん。ちゃうか?」

「そんなことない」

「ウソや。ミカは、お父さんにカノジョができたら、だれでもイヤやねん。前からそうやったやろ? お父さんには、一生、このままでいてほしいって思うてる」

「そんなことないって言うたやんか。ただ、緊張してるだけやん。それに、お父さんにカノジョができたら、だれかってイヤとちゃう？」

「そんなん、ちょっとずるいと思うわ」

「なんでよ」

「だってお父さん、もう離婚してんねんで。それにぼくらかって、いつかは大学行ったり、会社入ったりして、家におらんようになるやんか。ミカかって、好きな人できて結婚するやろ。一生ずっと、お父さんとおるわけちゃうやん。そんなんなって、かわいそうなんはお父さんや」

「お父さんは、一回、結婚したからもうええの。それにアタシは、好きな人なんてできへん」

「好きな人おったやん」

しまったと思った。余計なことを、また言ってしまった。

これでいつもだったら、ぼくは二階に逃げるか、とっ組み合いになるか、どっちがいいか早く決めないといけなくなる。父さんがいないときに、ミカとケンカをすると、イヤになるぐらいまで続くから、できるだけ逃げたほうがいいんだけど。

でもその日のミカは、ソファに寝転がったままだった。かわりに、ぐっと強く口を閉じていた。あいかわらずくちびるには、放課後になってつけたリップが、さくらんぼの色で光っている。

こういうとき、なるべく早くあやまっておかないと、あとでたいへんになるぞ。ぼくはそうわかっているくせに、なかなかあやまれなかった。ミカのほうも、ぼくに飛びかかってきたり、大声を出してきそうな気配がない。それどころか「ユウスケ。おにぎりせんべい、もう一枚とってよ」なんて言っただけだった。

ぼくは、ケンカにならずにほっとしたような、残念だったような、どっちともわからない気持ちのままで、せんべいを一枚、わたした。

ミカはしけったそのせんべいをかじると、空っぽの鳥カゴを見たまま、「ユウスケのアホ」って、ひとことだけ言った。

6　フェンスには、いつもテニスボール

シアワセは帰ってこなかった。一週間も帰ってこなかったのは新記録だ。ミカも、かなり心配をしていただろう。なるべく早く帰ってきてくれるようにと、鳥カゴの中に小さなおもちゃまで入れてやっていた。

それは、ペプシコーラについていた、イチローのボトルキャップだった。

「シアワセが帰ってきたら、これで遊べるやろ」

ミカは言っていた。

さて、シアワセが消えたちょうどその一週間後の日、ぼくたちがなにをしていたか？

実は、なにもしていなかった。シアワセを探してあげたくても、学校があるからどうにもならない。いつもどおりの一日だった。むりやりなにかかわったことをあげるとしたら、その日、ぼくの学生服のボタンがとれてしまったことぐらいだ。

どうでもいいことだけど、あの学生服のボタンってのは、裏ボタンっていうやつで、裏から止めている。ボタンを止めるボタンみたいなやつだ。で、最初からついている黒いプラスチックの裏ボタンなら、めったにとれなくてすむんだけど、カッコのいいのにつけかえると、すぐとれてしまう。

だけど、カッコのいいものは、やっぱりよかった。たとえばヒロキの裏ボタンは、トランプのマークになっている。ぼくのはもっとよくて、ぜんぶカップラーメンの絵がらになっていた。だれも気づかないけど、すごく気に入っていた。

それが、放課後になったとき一つだけとれて、学生服のボタンといっしょになくなってしまっていた。落としたのはたぶん、『赤いきつね』だ。

「また買うたらええねん」

放課後、ヒロキはぼくの話を聞いてそう言った。砂場でバック転の練習をしていたときだった。もちろんぼくは、フェンスのそばで、なかなかジャンプできないヒロキのことを見ていただけだけど。

「せやけどさ」

ぼくは言った。でも、新しいのを買うっていうのとも、ちょっとちがう。同じ製品がほしいんじゃなくて、いままでずっと使っていたのがなくなってしまったから、ちょっとがっかりしたってこと。

まあこういうのは、ヒロキに言っても通じないのはよくわかってる。ヒロキぐらい、モノを適当に使うやつはいないし。

「まあ、ええねん。それより、はよ跳びや」

「バック転って、最初の一歩ができへんなー」

ヒロキは砂場で、なさけない声を出した。

ふだん、放課後の砂場は陸上部が使っている。もちろんバック転の練習じゃなく、マジメに、幅跳びで使っていた。それなのにどうして今日は使っていないかというと、みんなは体育祭の練習をしていたからだ。体育祭でやる部活対抗リレーのために、陸上部はすごくはりきって、バトンを渡す練習をやっていた。

もちろんそこにはミカもいた。二年生だけど、百メートルと四百メートルでは、学内女子で一番速かったから、そりゃそうだ。ただ、リレーっていうのは、一人が速いだけじゃうまくいかない。バトンを渡すタイミングがすごく大事らしい。でも、そのタイミングが合わず、ミカは少しイライラしていた。

しかも近くでは、畑山たちサッカー部も、リレーの練習をしていた。もしかするとミカは、そっちのせいでイライラしていたのかもしれない。

「そんで、ミカはなんて言うたんよ」

バック転の練習に疲れたヒロキが、ぼくの隣にやってきた。

「裏ボタンの話?」

「アホ。そっちやなくて、おじちゃんたちのこと。ミカは、ユウスケとこのおじちゃんが再婚するの、イヤがってるんか」

「うん。はっきり聞いたわけとちゃうけど、そう思う」

「そんなら、もうちょっと待ったったらええやん。ミカが、再婚もええかって思うまで」

「そりゃそうやけどさ。でも、このままでやってくん、お父さんかってたいへんそうやねんで」

「おじちゃんはおじちゃんとして、ユウスケはどうなん? はよ、新しいオカンほしいんか?」

「ぼく? ぼくだけ考えたら、どうなんやろー。やっぱ、こわいかな。うまくいかんかったらどないしようとか思うてまう」

「へー」

「でもほんま、このままグズグズしとって、お父さん結婚できへんかったら、もっと困るわ。お父さん、そんなにモテる人とは思えへんし。最近太ってきたしさ、もう少ししたら、ぜんぜんモテへんようになるんちゃうかなあ」

「ユウスケも、いろいろたいへんやのー」

ヒロキが、ヘンに大人っぽい言いかたをした。ぼくにはそれがおかしく思えたん
だけど、わらったらかわいそうなんで、マジメに聞いてやった。

「オレもいろいろあるけど、おまえもなあ」

「ヒロキはなにがあるんよ」

「そろそろ塾に通えとか言われてるし。高校のことも考えろって。まだ早いやん、
そんなん。それにオレ、実はミュージシャンになりたいから、高校って言われても、
よおわからんねん」

「えっ、ミュージシャンになるん？」

「言ってなかったっけ？」

「そんなん、はじめて聞いた」

「そっか、はじめてやったか」

ヒロキは、かっかっかっ、と楽しそうにわらっていた。

「ほんならユウスケはなんになる？　オレが言ってんから、言えよ」

「そんなん、そっちが勝手に言うたくせに」

「あかん、言え。十秒前……九秒……八……七……」

ゲームのシナリオライターか、小説家。

秒読みなんてするから、あやうく言ってしまいそうになったけど、ちょうどそのとき、ミカがこっちに走ってきたんで助かった。好きな子を教えろって言われるのと同じくらい、将来の夢を言わされるのって、はずかしいのだ。

「おーっす!」

ミカはすごい勢いで走ってくると、ジャンプして、背中からフェンスに飛びこんだ。フェンスはトランポリンみたいにはねて、そこにもたれていたぼくもヒロキも、地面につんのめってしまう。バカみたいだ。

「帰宅部のくせに、いつまで学校に残ってんねん。アンタら、体育祭なんて興味ゼロなくせして」

ミカはえらそうに言った。ヒロキがわらっている。

「そりゃそうやんなあ、ユウスケ。オレらはもう、修学旅行のことしか考えてへんもん。だいたいおまえらかって、修学旅行のほうが先やのに、なんで体育祭の練習なんてしてんねん。先に、修学旅行の練習したらええねん」

「修学旅行の練習って、なによ」

「バスの中でカラオケするやん、ぜったい。せやからカラオケの練習やろ。そんで、夜にトランプするやろ。せやからトランプの練習。ゲームボーイアドバンスも持っていくかもしらんから、ゲームの練習もな。対戦ケーブル持ってくからさ」

「アンタらの好きそうなんばっかやな」

「なあ、せやけどマジに練習しようや、今週の土曜か日曜。どのみち、いろいろ買い物とかせんとあかんやんか。修学旅行のときはもう衣替えやから、制服かって見たいし。ユウスケも、裏ボタン買うやろし。ほんで、ついでにカラオケ行こ～」

「アタシは制服なんて、いつもでええわ。せやけど、ちょこちょこ買い物はしたいなあ。新しいカバンとかいるもんな。ユウスケかって、修学旅行用のゲームソフトとか買うやろし」

　おまえら、人の買うもの勝手に決めるなよ。なんて文句を言う前に、じゃあ週末みんなで買い物に行こうということに決まっていた。でもまあ、いい気分転換にはなるかもしれないな――そう思いながらぼくは、なんとなくむこう側のフェンスを見ていた。どうして学校のフェンスには、いつも軟式テニスのボールがはさまっているんだろうって、どうでもいいようなことを考えながら。

ただその日、たくさんはさまっていたのは、スズメたちだった。だれかがエサでもまいたらしい。そのうちスズメたちはフェンスから飛び下りてくると、地面をチョンチョンとつっつきはじめる。

だけどその中に、どう見てもおかしなのがまじっていた。スズメのふりをしているつもりかもしれないけど、色が一羽だけ青色だった。

「ミ、ミカ、あれ」

ぼくはスズメたちをおどろかせないように、小さな声でミカに言った。ミカもすぐ、それがシアワセだって気がついた。

「シアワセや」

そこで思わずミカは、立ち上がってしまった。スズメたちはおどろいて、みんな飛び上がってしまう。しかもシアワセまでいっしょになって逃げ出した。スズメたちは学校のむこうにある、広い市民公園のほうへと消えた。

ぼくがつかまえる方法を考えているうちに、ミカもヒロキも学校のフェンスをよじ登っていた。〝まっすぐゲーム〟がとつぜんはじまったみたいだった。どうも、走ってシアワセをつかまえるつもりらしい。考えただけでうんざりしたけれど、一人だけ正門まで回って出てくるのはカッコが悪いので、ぼくもフェンスをよじ登った。うしろからは、「こら、フェンス上るな！」って怒鳴る声も聞こえた。

それでも、いまさら引き返せない。だからそのまま地面におりて、学校から逃げ出した。

ぼくの前を、からだの小さなヒロキが走っていた。ちょっと女っぽいところがあるって言ったけど、走りかたも少し女の子っぽい。腕を横にふって走るからだろう。それからくらべると、ミカの走りかたはすごかった。ゴムだとか、下じきが走っているように見える。ちぢんで伸びると、どんどん遠くへ行ってしまう。

どっちにしても、二人よりずっと足の遅いぼくは、もうシアワセを追いかけることなんて、とっくにあきらめていた。だからせめて、ヒロキの背中を見失わないように、できるだけ一生懸命走った。

市民公園に入ったときには、脇腹が痛くなっていた。どうして、長く走るとここが痛くなったりするんだろう。トゲがささってるみたいな痛さだ……そんなことを考えながら、ぼくはよれよれと公園の中を走った。ミカたちの姿は、もう見えなかった。

公園は、市民会館と図書館までいっしょになっているから、かなり大きい。マラソンの練習をしている人もいて、その中をぼくみたいなやつが制服のまま走っていると、なんだか、ふざけているように見えた。それでも見失ったミカたちを見つけるまではと思って、がんばって走った。

「おい、ユウスケー！　こっちー！」

まだまだ先かと思って走っていたら、すぐ隣からヒロキの声がする。そこにはもう、ミカとヒロキが休んでいた。

「はよこい、こっちこっち」

「逃げられたん？」

ぼくは言った。「やっぱ、鳥を走ってつかまえるんはたいへんやな」

「それがつかまえてん。ミカ、すごいわ。ジャンプして、両手でつかまえよった。ピューマみたいやったで」

ピューマって動物は、飛んでいる鳥の群れにジャンプして、落としたやつをつかまえることもあるそうだ。前にテレビで見たことがある。

「すごいやろ」

ミカはそう言うと、ぼくに手を見せた。

両手の中には、シアワセがいた。シアワセはつばさを触られるととても怒るんで、ピロピロ鳴きながら、クチバシであっちこっちをつつこうとしていた。もちろんミカだって持ちかたがうまいから、そう簡単にはつつかれない。

「なあ。シアワセ入れとくもん、なんかない？　二人で探してきて。なるべく早く」

ミカが言った。それで思わずいっしょになって探そうとすると、「二人バラバラに探しいや」なんて命令された。

でもたしかに、ミカの言うとおりだった。だからヒロキは、学校へ鳥カゴを借りにいくことにした。ぼくは、近くにちょうどいいものが落ちていないか探すことになった。

そこでぼくはまず、市民会館の裏に、なにか捨てられていないかと思って調べた。でも、白いフェンスで囲まれていて、中に入ることができなかった。しかたがないから、次に図書館に行ってみた。

そうしたら偶然、図書館から出てくる、ちづるに会ってしまった。

いつもの友だちはいないみたいで、ちづるは一人だった。制服も着ていないから、きっとなにか用事でもあったんだろう。手には、ケーキの箱みたいなものを持っていた。

むこうもおどろいたみたいで、じっとぼくのことを見ている。でもどうせムシしているんだから、むこうから話しかけてくるはずがない。もちろん、こっちから話しかけたくもなかった。

なのに、ちづるは近づいてきた。

「あ、葉山」

ちづるは、ちょっとはずかしそうに言った。「こんなとこで会うたな。なにしてるん」

「ちょっと」

ぼくもそう言うと、じっとちづるを見た。どうして一度ムシされると、声をかけられるだけで、こんなにどきどきしてしまうんだろう。ただしゃべっているだけなのに。

「飼ってた鳥が逃げてさ、いま、つかまえてん。で、入れ物探してるんや」

「そうなん。ほんで、ええの見つかった？」

「ぜんぜん」

するとちづるは、手に持っていたケーキの箱を開けた。こいついったいなにをしてるんだと思っていたら、箱の中からシュークリームをぜんぶとり出してしまった。シュークリームは、一個ずつビニールで包装されていたから、つぶれたり汚れたりはしなかったけど、シュークリームをいくつも持っているちづるの姿は、ヘンだった。シュークリームどろぼうみたいだ。

「これ使いよ。箱なくてもええから、鳥入れたら」

「えっ、ケーキの箱に？」

「わたしもむかし、鳥のヒナを買ったことあんねん。そんとき、こういう箱に入れてもらったで。せやからだいじょうぶや。隙間もようさんあるから息もできるし、しばらくはこれでええんちゃう」

「ふーん」

ちなみにシアワセは、お金をはらって買った鳥じゃないんで、箱に入ったことはない。でも、ペットショップでこういう入れ物に入れるんだったら、きっと、この箱でだいじょうぶなんだと思う。カスタードクリームくさいだろうけど、それは逃げたバツだ。

「じゃあ、悪いけどもらおっかな」

「入る?」

「セキセイインコやから、だいじょうぶ。それよりちづるは? そんなにシュークリーム運べるんか?」

「わたしの家、そこのそばの団地やから、すぐやで。ほんならな」

ちづるはそう言うと、ケーキの箱だけ置いて、むこうへ行ってしまった。あんまりとつぜん行ってしまったから、サンキューも言えなかった。

結局ぼくは、そのケーキの箱を持って、ミカのところにもどった。学校に行っていたヒロキも帰ってきていたけれど、手には鳥カゴじゃなくて、タッパーがあった。

「学校に鳥カゴはあまってへんかった」

ヒロキは、ちょっと悪かったなってかんじで説明していた。

「でもタッパーでなんとかなるって、先生が言うとったから。少しずらしてフタしめたらええってさ」

「せやけどタッパーに入れるよりは、こっちのほうがええな」

ミカがそう言ったんで、シアワセはシュークリームが入っていた箱の中に入れられることになった。ほっとしたよ。ぼくだって、自分が入れられるなら、巨大なタッパーの中よりは、巨大なシュークリームの箱のほうが、まだましだもの。

家まで運ぶあいだ、思ったよりシアワセは静かにしていた。バニラやカスタードクリームのにおいで、すっかりやさしい気持ちになってしまったせいかもしれない。ケーキだとかチョコレートだとか、そういう甘いおかしのにおいがすると、人でも鳥でもやさしくなってしまうもんだ。甘いものを食べながらK－1だとか、ボクシングなんか見ると、どうしてだか本気になれないのといっしょだな。

ウソだと思ったら、ためしてみ。気持ちが、やさしくなりすぎるから。

さて、シアワセは無事、ぼくの家の鳥カゴにもどった。応接間のソファに座って部屋をながめると、それもいつものようなかんじにもどっていた。でも今度は、ミカのほうがかわってしまったみたいだ。前よりずっとシアワセにやさしくなって、好物ばかりあげるようになった。またいなくなるのが、こわいらしい。

　シアワセの好物っていうのはかわってる。まず、レタスの白いところ。それから、バナナの皮の裏。ミカンの袋についている筋。チーズ。シアワセがもどってきてから、ミカはそんなヘンな食べ物ばかり、せっせとあげていた。「そこまでやらんでもええのに」ってぼくが言ったら、「好きなもんいっぱい食わしとったら、逃げやんようになるやろ」とミカが言う。

「また逃げられたら、かなわんもん」って。

　そのかわりミカは、好物のエサをあげても、扉のカギは開けようとしなかった。いつもみたいに、カゴから出して遊ばせるのも、しばらくは中止するようだった。

　それがちょっとかわいそうだったから、ある日、ぼくは久しぶりにシアワセをカゴから出してやった。ミカがまだ体育祭の練習から帰ってこない、夕方の時間をねらった。もちろん逃げられないように窓はぜんぶ閉めてからだ。

　久しぶりにカゴから出されたせいか、シアワセは緊張しているみたいだった。でもぼくは、もっと緊張していた。もし前みたいに逃げられてしまったら、今度はぼくが家から追い出されてしまうかもしれないもんな。それは冗談だけど、ミカとケンカになるのはまちがいないだろう。

シアワセは、ぼくの指の先から腕を伝わり、肩にとまった。チーズを食べさせすぎたせいか、ちょっと太ってしまったような気もする。ぼくは、そんなシアワヤをじっと見た。

しばらくすると、またぼくの耳の中に、クチバシをつっこんでくる。

(ユウスケ、ひさしぶり)

シアワセのクチバシが、ガリガリいった。そう言えば、ここへもどってきてからシアワセと話すのははじめてのことだった。

(おまえ、なんで逃げたん?)

(あー、それね。それは、むずかしいモンダイだなあ)

シアワセが言う。(だいたい、ただ、逃げたわけじゃないしさ。ミカの手伝いをしようって思ったの。青い鳥に生まれてくると、いろいろたいへんなんだよな。人を幸せにしてあげないといけないからね)

(幸せって、なにしたんよ)

(あの畑山って男子に、なんとかしてミカの思ってること伝えようってしたんだ。もしかしたら言葉が通じるかもしれないし、ダメモトでやってみるつもりだったんだよ)

(おせっかいやな、おまえ)

(でもそれはユウスケが、青い鳥のことを知らないから。青い鳥に生まれてきたら、ぜったいに一度は、人を幸せにしてやんないといけないんだよ。そうしないと、死んでから地獄に落ちるんだ)

(そんなん、誰が決めてん)

(青い鳥の親分)

(ウソくさいこと言うな。それにおまえ、まだまだ死なんやんけ)

(あっ、そう見える？　でもこう見えてもじつは、おじいちゃんなんだぜ。人間で言えば、九十八歳だって。もうすぐ、寿命なんだ。寿命)

(ぜったいウソ)

(ホント。だから、どうしても『幸せの青い鳥』にならないと、まずいんだよね。若いときちょっと遊びすぎてさ、まだだれも幸せにしてやってないんだよ。だから

ユウスケ、もういっぺん逃がしてくれないかなあ）

シアワセは言った。でもぼくは、そんなウソを聞くつもりはなかった。むりやりカゴにもどして、扉を閉める。

そして外から、扉をせんたくバサミで止めた。これが、カギのかわりだ。

シアワセはしばらくのあいだ、なにかを言いたそうに、じっとこっちを見ていた。

でもそのうち、怒ったみたいに水浴びをはじめた。しかも、せまい飲み水の入れ物に飛びこんだもんだから、カゴの回りは水びたしになった。

こんなにうるさい九十八歳なんて、いるわけがない。

7　セロリカレー

シアワセが寿命だなんて言ったもんだから、ぼくはヘンな夢を、続けてなん口か見た。朝になって鳥カゴを見てみると、シアワセが死んでいるっていう夢だった。

おかげでぼくは起きると、まず鳥カゴをのぞくようになった。でも、シアワセはちゃんと生きていた。ラジオ体操をするみたいに、朝はいつも、ミカが入れておいたイチローのボトルキャップを、クチバシでつっつきまくっていた。

でもそのぶん、週末がすぐにやってきた。毎朝、シアワセのことばかり心配していたから、時間が早くすぎたようだった。

その日は、前から約束していたとおり、三人で買い物に行くことになっていた。ぼくは、やっぱりゲームソフトを見る予定（ミカに言われたとおりになった）。それから、Tシャツを買うかも。ミカは新しいリュック。ヒロキは修学旅行で着る、新しい制服を見るらしい。

三人でそれだけの用事があったから、ぼくたちはかなり歩き回らないといけなかった。それでも大きな街にくるのは、引っ越してから久しぶりだったんで、うれしい気持ちのほうがずっと強かった。人がたくさんいて、うるさくて、いろんなものが売られている街。ぼくは、そういう場所が大好きだ。たぶん、子供のころからそういう場所で育ったからだろうと思う。自分は、おとなしすぎるってよく言われるくせに、うるさい場所が好きだった。

ちなみにヒロキは、うるさい場所より、女の子のほうが好きみたいだった。同じ歳ぐらいの子や、高校生ぐらいの女の子を見つけると、じっとながめてばかりいる。そのたびに口もとまってしまった。その日はどうしてだか、ヒロキは朝からトンネルの怪談話をしていたんだけど、女の子を見つけるたびに、話が中断した。おかげでぼくたちは、トンネルの入り口に、白い服を着た女の人が立っている場面を、二回も聞かされた。

ぼくやヒロキとちがって、ミカは最初のうち、いつもどおりに見えた。でも、休んでジュースを飲んだり、アイスクリームを食べたりしているときに、いつのまにか遠くを見ているのに気づいた。半分ぐらいは、自分と同い歳ぐらいのカップルを見ていたようだ。あとの半分は、親子を見ていた。お母さんとその娘、みたいな二人組が歩いていると、ついつい見てしまうみたいだった。

みんなの買い物が終わっても、まだ少し時間が残っていた。それと、お金も。もちろんそれは、親からもらってきたお金だ。本当は買い物をしたら、おつりは返せって言われていたけど、ときどきだからゆるしてもらうことにする。ただ、ぼくたちの父さんとちがって、ヒロキの母さんはこういうことに、すごく敏感だ。だからヒロキはその日、買い物のレシートをぜんぶ捨てていた。値札も必ず、お店の人に外してもらっていた。ウソの値段を報告するためだ。

そしてみんなで、カラオケにゴー。ヤッホー。

「親ってこういうの、ほんまに気づいてへんのかなあ？　それとも、気づいてるけど、だまってるんかな」

カラオケで、ぼくが新曲を選んでいるとき、ヒロキは買ったばかりのサイフを、カバンにうつしながら言った。

「ほんまは、ぜんぶばれてるんかもよ。アンタの家のお母さん、そういうの、すぐわかるんやろ？」

「そうなんかなあ。ユウスケはどない？　親の金とか、ぱくったことある？」

「ぼくはないな。て言うか、うちはお母さんがおらんから、非常用のサイフがいっつもあんねん。足りんときは、そっから使うようにしてっから」

「オレん家は、そんなサイフないから、たいへんや。せやから、おっちゃんがよっぱらって帰ってくるときにサイフからぱくるねん。うちのおっちゃん、酒飲みやんか。スナックとかよお行くやろ。ほんで飲みすぎたときとか、お金のことよおわからんようになりよるから、そういうときにぱくる。どうせ、ちょっと飲みすぎたかなーって思うだけや。もしヘンに思ったって、オカンには相談できへんし。スナック行っとったからな」

「ヒロキって、悪いことばっか頭回るんやな～。しかも、考えかたがせっこいの」

ミカは言った。「ほれ、ユウスケ。歌はじまってるで。アンタのやろ」

「あ、せやった」

「なんかユウスケって、最近、声がかわってきたわ。むかし、すんごい高い声やったのに、いまごろ声がわりかもしらんな」

「知ってっか、ミカ。ユウスケ、中一のとき声が高すぎて、あだ名が〝王子〟になりかけてんで」

「人が歌おう思てんのに、うるさいなー」

ぼくは言った。「それにいまは、ヒロキのほうが声高いで。そっちが王子や」

「そっか？」

「ユウスケ、ちゃんと歌いーよ」と、ミカ。「それとヒロキ……やない、王子。マイクとってよ。そっちのおしぼりもとって、王子」

「なんやねんミカ。王子はオレとちゃうやろ」

「王子、ウーロン茶ひとつたのんで」

ふざけていると、ヒロキがマイクでミカの頭を軽く殴った。でもマイクを通すと、すごい音でゴッツーーーンと聞こえた。エコーがかかっていたせいだ。ちょっとうけた。

でもそのあと、ミカがすぐにマイクを持ってやり返したせいで、ぼくたちの部屋はしばらく、わらい声と、殴りあいの音ばかりになった。

ガツッ、ボコッ！　ゴッツーーーン。

こんなのカラオケでもなんでもない。原始人が、部屋の中で戦っているみたいだった。


こうして一日遊び、買い物もしっかりやって帰ってきたぼくたちは、すっかりいい気分になっていた。夕方から雨が降っていたんだけれど、ミカとぼくはわらいながら玄関を開けた。

すると玄関には、父さんが立っていた。

心臓が、どきんとした。ジェットコースターから落ちたときみたいなかんじ。お金を勝手に使ったのがばれたか、カラオケで遊びすぎたのがばれたか、どっちかじゃないかって、そう思った。

でも、どっちともちがっていた。

「シアワセに、また逃げられた」

父さんは、ため息をつきながら言った。

ぼくとミカは家に上がり、鳥カゴのほうへいった。すると、カギのかわりに使っていたせんたくバサミが、下に落ちていた。シアワセはどうやったのか知らないけど、なんとかせんたくバサミを外し、またまたカゴから脱走したらしい。これで四度目だ。

「買い物から帰ってきてドアを開けたら、とつぜん玄関から飛び出していったんだ。父さん、いまからちょっと探しに行ってくるよ」

「お父さん、今日はもうええよ。雨やもん」

ミカはそう言うと、ちょっとがっかりした顔で二階に上がっていった。父さんはそんなミカが心配になったのか、それでも傘をさして探しに行こうとした。だからぼくは、行かなくていいと思うって、教えてあげた。べつにミカは、怒ったわけじゃないはずだものな。

最近の父さんは、本当に、ミカのことを気にしすぎだ。父さんらしくない。それからすると、ぼくのことは、あまり心配していないみたい。本当はそういうの、ちゃんと聞いてみたいけど、どうしてだか自分の親には聞けないもんだ。照れくさくてさ。

で、話せないかわりに、ぼくと父さんは二人だけで夕飯を作ることにした。やっぱりちょっとショックだったのか、ミカは部屋にこもっていたし。それで父さんと相談して、夕飯はカレーにした。ぼくは、こっそり自分の部屋から、前の母さんが作ったレシピを持ってきた。もうなんども見ているんで、ほとんど見なくても平気だったけど、念のために。

母さんのカレーは、セロリなんかをすりおろして入れるのがポイントだ。だけど父さんはむかし、母さんの料理をぜんぜん手伝わなかったから、セロリをするところを見ても、それが母さんのカレーだってことに気づかなかった。ぼくにむかって、「セロリ入れると、うまくなるのか」なんて、聞いただけ。もともと忘れっぽい性格らしいから、手伝っていたとしても、きっとおぼえていなかっただろうな。

でも、できたらセロリの入ったカレーのことは忘れないでほしい。父さんが離婚して、またちがうだれかのことを好きになったって、このカレーのことぐらいは、ちゃんとおぼえていてほしかった。

最後に父さんは、できあがったカレーを味見した。辛さを調整するためだ。最近、ぼくとミカもかなり辛いのを食べられるようになったんで、あとから少し、スパイスを足すことが多い。

「うーん」

そのとき父さんが言った。「まだ辛さが足りないかな」

「じゃあ、スパイス入れよっか」

「でも、なんだかこのままでもいいような気がするな。どうしてだろ。このままで、いいのかも」

「お父さん。あんな、それ……」

「母さんがよく作ったカレーだよな」

「なんや、知ってたんか」

「いや、セロリを入れるなんて知らなかった。でも、味見してわかったよ。おぼえてるもんだな、もうなん年もなるのに」

そこでぼくは、ほっとした。大事な思い出を忘れていくのって、なんだか悲しいと思うしさ。最初の母さんのことだけは、ちょっとだけおぼえていてほしい。いちおう、ぼくとミカを産んでくれた人なんだから。それさえできるんだったら、父さんに新しく好きな人ができたって、ぼくはそれでいいと思う。父さんはいま、一人なんだし、浮気してるわけでもないもんな。

でもその話になると、ミカとは、合わない。ミカならきっと、父さんに怒るはずだ。前の母さんのことをおぼえていることも、新しいカノジョができることにも、反対しているもの——むかしのことを考えちゃダメ。そのくせ、新しいことをはじめるのもダメ。そう言ってるように、ぼくには聞こえてしまう。いまのままがいいんだって。ぼくとミカと、父さんの三人だけの生活のままじゃないとダメって言っているようだった。

そりゃ、ミカの言いたいこともわかる。

でもぼくだって正しいと思った。だって、いまだけがいいなんて、かえって悲しくない？　今年より来年、来年より再来年、もっともっと楽しいことがふえていてほしい。楽しいだけじゃなく、悲しいことだとか、くやしいことも、ちゃんとふえていてほしい。時間がとまったわけじゃないんだからさ。ぼくはそう思っていた。

　さて、カレーはなかなかうまくできた。でも、雨はやまなかった。ごはんのあいだ、父さんは責任をかんじていたのか、ずっとそわそわしていた。セロリのカレーも、ちゃんと味わえなかったかもしれない。

「ミカ、本当に悪かったな」

　ついに父さんは言った。

「あとで本当に探してくるよ」

「かまへんよ、そんなんせんで。シアワセ、ほんますぐに逃げてまうから。クセやねん。目をはなしたら、すぐ逃げていきよる」

　そのときもちろん、ミカは鳥のことを言っていたわけだ。なのにぼくには、シアワセじゃなくて、幸せのことみたいに思えた。ややこしいけど、そう。ハッピーなんてすぐ終わってしまうって、ミカが言っているように聞こえた。まるで、大人みたいな言いかたで。

そして夜になると、父さんはシアワセを探しに、外に出たみたいだ。ぼくの部屋の窓から、カッパを着て外に出ていった、父さんの影が見えたっけ。

ところでこれは、あとになって聞いた話だ。週あけの昼休み、たまたまぼくは校庭にいなかったから。なにをしていたかはあとでちゃんと教えるけど、とにかくそのとき、校庭にいなかった。

みんなは、きのうの雨でしっとりしたグラウンドに出てサッカーをやっていた。ヒロキや畑山もそう。もちろんミカだって、男子にまじってやっていたそうだ。

そして試合の途中、畑山がとつぜん声をあげたらしい。

最初のうちは、よくわからなかった。ぼくたちの学校のグラウンドは線路の隣にあってうるさいし、反対側は大きな道路も走っている。それにもし、まわりになにもなかったとしたって、静かにサッカーなんてできるはずがない。ヘイ、パスだとか、こっちこっちだとか、いつもだれかが怒鳴っている。

だから、ミカとヒロキが、畑山が手でなにかはらっているのに気がついたのは、もうずいぶんたってからだったそうだ。

畑山はなんと、シアワセにおそわれていた。シアワセがなんども、畑山に向かって、飛びつこうとしているところだった。けれど、そのたびに手ではらわれてしまう。それでもまたおそいかかってくる。

小さなセキセイインコがなんども畑山に攻撃するのを見て、みんなはわらっていただろう。畑山だって最初はそうだったはずだ。でも途中から、なんだか怖くなったのかもしれない。どうして、こんな目にあうんだろうって思ったかも。べつに少マゴを盗んだこともないし、いじめたこともないのに、どうしてこんなに飛びかかってくるんだろうって。

で、最後にちょっと強くはらった。だけどそのとき畑山の手は、シアワセのへんな場所に当たった。どこかはよくわからないけど、シアワセは一度、地面に落ちた。ミカが駆けつけたときにはもう、おかしな飛びかたで、グラウンドから逃げていったあとだった。つばさをけがしたのか、それともほかのところが痛かったのか、とてもつらそうに飛んでいったそうだ。

――それが昼休みの話。

でも、ぼくがそれを聞いたのは、放課後のことだった。ヒロキが部屋に遊びにきたとき、そのことを話してくれた。しかもどうしてだか、ヒロキはちょっと落ちこんでいるみたいだった。

「そっからが、たいへんやったんや」

ヒロキが言った。「きっとミカは、畑山がシアワセを強くはたいたって思うたんとちゃうかな。せやから、持っとったボールを思いきり畑山にぶつけよってん。そんで、近づいていって、パンチやもんな。ビンタとちゃうで。グーでパンチ」

よりによって、畑山にそんなことをしたのか。もうふられているんだから、どっちでもいいことかもしれないけど、なにも、そんな相手を殴らなくてもよかったろうに。

「で、畑山は?」

「そりゃ、びっくりしてたよ。でも、ミカは女やし、殴り返せへんやん。そんで立ったまま見てたら、また殴りよって。あんまりひどいから、男子でようやくミカのこと押さえたんやで。そのあと、だれかが畑山を保健室に連れてったみたい。ほんますんごいパンチで、さすがミカやなあってみんな言ってた。けど、ちょっとやりすぎやわな」

「ヒロキはなにしとったん」

「オレかってとめたよ、言うとくけど」

あぐらをかいていたヒロキは、そう言うと、足と足のあいだにできた隙間を見るようにして、下を向いてしまった。

「でも、投げ飛ばされた」

「ミカに投げ飛ばされたん？」

落ちこんでいた理由がわかった。ミカよりからだの小さいヒロキだとしても、それじゃさすがにかわいそうだ。

「……それは……ちょっと、ついてなかったな。ヒロキも油断してたんやな。せやなかったら、なんぼミカかって、男は投げ飛ばせへんで」

「うん。そうやと思うけど」

なぐさめてみたけれど、やっぱり落ちこんでいた。いつもアホなことばかり言っているヒロキでも、みんなの前で投げられると、やっぱりショックなんだろう。ぼくならまだ慣れているけれど。

「でも、それやったらいまごろ、ミカは職員室か会議室かで怒られてんな」

「畑山の家にも、あやまりに行かされるかもしれんで。ほんま、大事なときにユウスケがおらんから。昼休み、なにしとってん」

「なにって、修学旅行のしおり作る係やから」

「ユウスケ、しおり係か。そんな係になるから、こんなんなんねん」

「しゃーないやんか。クジ引きで当たってもうたんやもん。それかって、保健係とかレクリエーション係とかよりはましやろ」

ぼくは言った。「それより、ミカのことやん。もしかしたら親も呼び出しされっかな?」

「ミカやから、そうかもなあ。はじめてのこととちゃうし」

そして二人で、ため息をついた。父さんが学校に行くってのは、やっぱりカッコが悪いし、なによりミカまできげんを悪くしてしまうからだ。一週間ぐらいは、みんなこわがってミカに話しかけなくなる。それでもぼくは、毎日、なにかを話さないといけない。ぼくほどじゃないけど、ヒロキだって、話しかけないわけにはいかない。だから、困ってしまうんだ。

「まったくほんまに、しおり係なんてやってるから」

「だってクジ引きやんか」

ぼくはまた言った。でも今度は、ちょっと弱いかんじで。

いや、本当にぼくはしおり係の仕事をしていた。ただどうしてだか、自分が悪いことをしていた気がするのは、そのときぼくはちづると二人きり、会議室で作業をしていたからだろう。でも、好きでやってたんじゃなくて、うちのクラスのしおり係に当たったのが、この二人だったんだからしかたがない。男子がぼくで、女子がちづるだった。本当はしおりの相談をするのに先生もいたはずなんだけど、用事ができたって言って会議室から出ていってしまった。たぶんそのときにミカの事件があって、職員室に呼び出されていったんだと思う。

おかげでぼくたちは、会議を二人だけでやらないといけなかった。しかもついこのあいだ、ちづるにはシュークリームの箱をもらったばかりだった。そんなことがあったのに、その日だけぶっきらぼうになるってわけにもいかない。

「こないだあんた、『夢みる宇宙人』ってSF、学校の図書室で借りてたやろ」

しおりのページ数を決めている最中、ちづるはとつぜん、関係のない話をした。二人は机をはさんで座っていたのに、その声はずいぶん近くに聞こえた。窓の外の音が、とても遠くに聞こえていたせいかもしれない。それとも会議室が、ひんやりとしていたせいかも。とにかくちづるの声は近くで聞こえた。シアワセの話を聞いているときみたいに、耳のすぐそばで。

「なんで知ってるかって言うたら、たまたまその次に、わたしが借りたから。偶然やな。図書カード見てびっくりした」

「ちづるは、そんなに本読むん？」

「せやで。本、すごい読むねん。あんたもやろ」

「うん、まあ、最初は嫌いやったけど、慣れてきたら、ちょっとおもろいから」

「そ。それに、学校の図書室でも、市の図書館でも、タダで読めるしな」

ちづるは言った。「あんた、本のほかになにか好きなもんある？」

「好きなもん？　うーん、ゲームとか。あと映画のビデオとかも。親が好きやから、いっしょに見るねん」

「へー、映画かあ。わたしはあんま見いひんなあ。最近、なにか面白いのやってってかなあ」

そこでぼくはつい、最近映画館でやっている、新しい映画の名前を言ってしまった。新聞だとかテレビで、よくコマーシャルをやっている。本当は早く見に行きたいんだけど、お金もないし、父さんも忙しくて、映画館にはなかなか連れて行ってくれそうにはなかった。

「それを見たいねん」

「なんで、すぐ見いひんの？」

「そんなにお金ないもん。せやけどもしかしたら、修学旅行のときに見るかもしれん。自由行動の時間使って、見れそうやったらさ。こづかいももらってるから、ええかなーって思って」

「葉山も、悪いこと考えんな」

「だって、映画見たいねんもん。せやからいまな、倉敷の町の映画館を調べてんねん。ネットで。広島のほうが近くにあるけど、そっちはあんま自由時間なさそうやし」

「ええなー。わたしもその映画、見に行こうかな」

「えっ？」

しまったと思ったけど、遅かった。「だって、ぼく一人で行くんやで」

「ええよ、わたしも一人で行くから。たまたまいっしょになるかもしれんけどさ」

「アホ言え」

「わたしの自由時間やもん、ええやんか」

困っていると、そのうち校内放送が聞こえた。一年生のときからぜんぜんかわらない放送だ……もうすぐ昼休みが終わります。みなさん、次の授業の用意をして教室でおとなしく待ちましょう……スーパー棒読み。

「もう行かんとな。葉山、次はなにやったっけ」

「パソコンルームで、パソコンやるんとちがったっけ?」

「ふーん、そっか」

ちづるはそう言って、会議室を先に出て行ってしまう。ぼくは、映画についてこないでって言おうと思ったんだけど、言いそびれてしまった。もちろん、ちづるといっしょに見るのがイヤでたまらないっていうんじゃなくて、そういうことを二人でやると、人に見つかりやすいからだ。

「ちづる」

なんとかうしろから声をかけてみたけれど、ちづるはカクンとろうかの角を曲がり、教室へと入ってしまう。ふみつぶしていたうわばきのかかとが、ベタンといっていた。

それがぼくの、昼休みだった。ミカがケンカをして、ヒロキが投げ飛ばされている最中のことだ。やっぱり、なにも悪いことはしていない。なのにどうしてだか、ヒロキには隠していたかった。理由はなくたって、そういうことはある。

ほら、たとえば、家族みんなでテレビを見ている最中に、エッチな画面が映ったときみたいに。べつにエッチな画面が映ったのは自分のせいじゃなくても、自分が悪かったような気にならない？

どうしてだか、ぼくはそうなる。

8　大きいお墓&小さいお墓

中学校生活の中でぼくが学校を抜け出したのは、たった一回、その日だけだ。サボったって言っても、数時間、学校を抜け出したぐらいだけど。

しかも、ちゃんとした理由がある。

それは、音楽の授業がはじまる前の、短い休み時間だった。そのとき友だちが、ミカにこんなことを言った――学校にくる途中、市民公園の溝の中で、セキセイインコが死んでいるのを見た、って。

そしてミカは、そのまま教室から出て行ってしまった。それがシアワセなのかどうか、たしかめに行くつもりだってことは、すぐにわかった。ぼくとヒロキも、不安になって追いかけていって、結局三人で学校を脱走してしまったわけだ。

制服のまま昼間の町を歩いていると、大人たちが、ちらちらとこっちを見るのがわかった。散歩中の犬まで、ぼくたちをじろじろ見ていた。それぐらい目立っていたんだから、おまわりさんにでも会ってしまったら、あっというまにつかまってしまうだろう。だからぼくたちは、大人が多い近所のスーパーマーケットの前や、大人がいる家や交番なんかをさけて、ジグザグに進んで市民公園へ行った。

でも、広い市民公園に着いてみると、鳥を見たっていう場所を、だれも知らないことに気がついた。市民公園の中にある溝なんて言ったって、簡単にはわからない。市民公園を一周するだけで、なんキロもあるんだから、溝だって同じぐらい長いはずだ。

だけど自分たちで探すしかなかったんで、しかたなく、探しはじめた。公園は本当に広く、溝も長かった。長いあいだ、走りながら探した。セミが、うるさいぐらいに鳴いていた。ヘンな話だけど、こんなときにぼくは、そうめんを食べたいなって思った。

シアワセを見つけたときには、もう昼ごろになっていた。

それは、図書館のそばの溝だった。シアワセは、その中で眠るみたいに、つばさをちゃんとたたんだまま死んでいた。ちょっとだけ、砂で汚れていたな。

「畑山が殺したんかも」

ヒロキが言った。でもぼくは、そうじゃないと思った。

「ちゃうよ。どのみち、寿命が近かったんや」

「なんでそんなんわかんねん、ユウスケ。まだ、ミカがつかまえてから、そんなに生きてへんやん」

「そのときにはもう、おじいちゃんやってんで、きっと」

「オレは、そうは思わんな。畑山がはたき落としたからや。ミカはどう思う」

「そんなん、どっちでもええ」

ミカはそう言うと、溝の中に手を入れた。生きていたときとはちがって、固くなっているみたいだ。まるで、青いオカリナを拾っているように見えた。

「もう死んでるんやから、どっちでもええ」

「せやけど、なあ、ユウスケ」

ぼくはそこで、ちょんとヒロキの胸をこづいた。ミカが泣いていて、その涙がシアワセの頭に落ちているのが見えていたから。それに気づいたヒロキも、すぐにだまった。ミカの涙がぽたりと落ちると、シアワセの頭はタンポポの花が咲いたようになった。

そのあと、死んだシアワセを制服のポケットに入れたミカは、そのまま家に帰ることにした。ポケットなんかに入れちゃ、かわいそうだと思うかもしれないけれど、それなりに考えていたんだと思う。手に持っていて、みんなにじろじろ見られるのがイヤだったんじゃないかな。そう言われると、ぼくだってそうだ。もしも自分が死んだら、じろじろ見られるのはイヤだもの。ポケットの中のほうが、まだいい。

そしてヒロキは、ミカを家まで送ってから、学校にもどるかどうか考えるって言っていた。ぼくだけが、ミカのリュックを持ってきたり、先生にうまくウソをつくために、学校にもどることになった。

その日、ミカもかわいそうだったけど、畑山もかわいそうだった。

学校にもどったとき、ぼくはつい、市民公園でのことを話してしまった。ぼくとミカとヒロキが授業をサボったんだと思われていて、その説明をしなくちゃいけなかったからだ。だって、授業をサボったなんてかんちがいされるのは、どうしてもイヤだったもの。授業をサボるのなんか、自慢にしたくない。

それでぼくは、市民公園でシアワセが死んでいたってことを話してしまったんだけど、そのせいで、畑山はみんなから白い目で見られたわけだ。みんなは、畑山がシアワセをはたき落としたのをおぼえていたみたい。

畑山も最初のうちは強がって、関係ないよって言っていたけど、学校が終わるころはなんだかびくびくするようになっていた。ミカの友だちなんかが、畑山をムシしはじめたからかも。そういうのやめろよって言ってあげようかって思ったんだけど、なんだかめんどくさくて、ぼくも見て見ぬフリをした。

そしてその日は、結局ミカもヒロキも学校にもどってこなかった。学校の先生には、ちゃんとした理由は説明できそうになかったんで、ミカは朝から気持ち悪そうだったとウソをついた。ヒロキは、とつぜんの腹痛だ——あしたにはぜんぶばれて、怒られるだろうけど。

でも、ぼくの仕事はまだあった。学校が終わって、ミカとヒロキの荷物を持って帰らないといけなかった。ミカだけのならともかく、ヒロキのぶんまで持つのは、すごく重い。罰ゲームでも受けてるみたいだ。でもこのまま荷物を放っておいて、弁当がくさっちゃうと困るだろうし、ヒロキだってふざけてこんなことになったんじゃない。だからがんばってそれを持ち、なんとかスニーカーをはいて、外に出た。

するとやっぱり、みんな、ぼくのことをじろじろと見てわらっていた。首から、

「罰ゲームじゃないぞ」って大きく書いたボール紙でも下げたかったけど、そんなことしたら、それまで罰ゲームのひとつだって思われるかもしれない。

ちくしょー。心の中でそう言いながら、はずかしさをガマンして歩いているとき、うしろから声が聞こえた。だれかがぼくの名前をよんだ。

畑山だった。ミカに殴られた口が、まだはれている。くちびるもヘンに開いたままだった。

「ユウスケ」

「おっす畑山。部活は？」

「いや、今日は休み」

「晴れてんのに」

「それ、一つ持ったる」

畑山はいそいでスニーカーをはくと、ミカのリュックを持ってくれた。そっちはヒロキのカバンよりはるかに重たかったから、すごく楽になった。

そしてそのまま、畑山はぼくについてきた。たしか畑山の家は、うちとはまったく反対の方向だったはずだ。けど、ぼくはなにも言えなかった。グラウンドでは、サッカー部がいつもどおり練習をしているのが見えていたけれど、そのことも言えなかった。

そのうち、家に着いてしまう。すると畑山はリュックを手渡し、「それじゃ」って言った。

「家に、あがっていかんの?」

ぼくは聞いた。畑山がちょっとかわいそうに思えてきたからだ。

「せっかくきたんやから」

「いや、あがらんでええねん。それよりユウスケ」

畑山がなにかを言おうとしたそのとき、玄関が開いた。中からは、制服のままのミカとヒロキが出てきた。ぼくと畑山がいっしょにいるのを見つけて、ミカたちもちょっとおどろいていたようだ。でもヒロキは、びっくりからすぐ、怒った顔にかわっていた。

「あ、ミカ。どこ行くん」

「なんや、ユウスケか。こいつ、埋めたろって思って」

ミカがさし出したのは、緑色の宝石入れだった。たくさんの飾りがついている、すごくきれいな箱だ。ずっとむかし、家族で海外旅行に行ったときに買ったやつ。でもミカはアクセサリーなんか持っていなかったんで、ほとんど、ふでばこみたいになっていた。

「中にシアワセが入ってんねん。ほんまは庭に埋めたろって思ってたんけど、やっぱ、ちゃうとこに埋めることにした。家の庭、小さいし暗いから、かわいそうやって思ってさ。そんで、小学校の裏山に埋めたろって思うて。あそこ、高い丘になってるし、ええやろ」

　本当は、小学校の裏山に入るのは禁止されている。そこはむかしに生きていた、だれかえらい人の古墳なんだって——古墳って知ってる？　ピラミッドといっしょで、むかしの人の、すごく大きなお墓だ。その大きなお墓の上に、小さなシアワセのお墓を作るっていうのは、なんだかヘンな話だった。でもミカの言うとおり、家の庭よりはいい。

「そっか。ほんなら、手伝うわ。スコップ持った？」

「ミカ。オレも手伝ってええか」

　そのとき畑山が言った。ミカは、しばらく畑山のことをじっと見ていた。でもそのあと、だまってうなずいた。

こうして四人は、ぼくの家から近い小学校のほうへ歩いていった。裏山に入るには、小学校の校庭をつっきるのが、一番早い。でも、まだ校内には先生たちが残っているはずだから、それはできなかった。だから学校からは、少し離れた場所に行った。

そこには、立ち入り禁止の看板といっしょに、なんぼんも針金が走っていた。トゲつきの針金だ。ムリに入っていこうとすると、からだのどこかが引っかかってしまう。そんなところから入りたくはなかったけど、ほかによさそうな場所はなかった。

ぼくは、針金をしんちょうに持って、ぐっと広げた。そのあいだに三人がくぐって中に入り、こんどは内側から広げてくれた。ぼくも慎重にそこをくぐった。

この林の中に入るのは、はじめてだった。さっきの看板にも、これが古墳だとは書いてあったけど、中に入ってみるとただの林みたいだった。ただの林で、丘だった。ぼくたちは道もないその丘を、ゆっくり上った。息が切れた。前にいたヒロキがずっとスコップを持っていたから、自分たちがまるで、財宝を盗みにきた盗賊みたいに思えた。

「なあ、ミカ。こんな場所にシアワセ埋めてだいじょうぶかな」

歩きながらヒロキが聞いた。「いつか、古墳の調査とかはじまったとき、掘り返されてまうんとちゃう？」

「だいじょうぶや。調査なんて、もうせえへんよ」ミカがだまっているんで、ぼくが答えた。

「ほんならもしも、かんちがいされたら？　シアワセが、むかしの鳥やってかんらがいされたら？　この古墳に埋まってるえらい人が、むかしに飼ってた鳥とちゃうかとか思われたら、どないする」

「そんなかんちがい、するわけないやろ」

「わからんで。ついこないだ、あったやんか。ウソの石器を埋めて、ばれたって話。みんな信じとったせいで、教科書まで作り直しになるんやろ」

そう言えば、そんな話を聞いた。そのときは、いくら教科書だって、ぜんぶ本当のことが書いてあるってわけじゃないんだなって思って、ぼくまで不思議な気がしたもんだ。

でもそれなら、シアワセが教科書にのることだってあるかもしれない。冗談ぬきで。

「それは、だいじょうぶやろ、たぶん」

「なんでそう言える」

「箱に、メイド・イン・チャイナって書いてある」

ミカが、ちょっと怒ったみたいに言った。「むかしの人、英語なんて知らんかったやろ」

「せやな」

ヒロキは、しょんぼりうなずいていた。ぼくもいっしょに、だまってしまう。だけどその前からずっと、畑山は口を閉じたままだった。ミカになにかを言いたそうだったけど、やっぱり言えなかったんだろうな。

丘のてっぺんに着いた。

どれぐらい歩いていたんだろう。もう夕方で、だんだん夜が近づいているのがわかった。でもぼくたちは、少しのあいだ、時間のことなんて忘れていた。てっぺんからは、町がぜんぶ見下ろせたから。小学校の校舎だけじゃなく、ぼくの家や、ヒロキの家、それに中学校の校庭のはしっこまで見えた。自分の町を、そんなふうに見るのははじめてだった。

思っていたより、ずいぶん小さいなって思った。こんな小さな場所で、ケンカしたり泣いたり、だれかを好きになったりしてたんだなって思うと、自分たちのことがもっと小さくかんじた。

「ここ、ええ景色やな。やっぱ、家の庭よりええやんか。ここに埋めたろ」

ミカがそう言ったんで、さっそくヒロキがスコップで地面を掘りだす。下の土はかたくて、草の根っこもたくさん生えていたから、たいへんそうだった。とても手で掘れそうじゃない。掘り終わるまでに、だいぶ時間がかかりそうだ。

それで畑山は、お墓の上に置く花を探しにいった。ミカもヒロキもすごく怒っているように見えていたから、そこでじっとしているのが、しんどかったんだろう。

ぼくはじっと、ヒロキが穴を掘るのを、ミカといっしょに見ていた。

「この子はほんま、よお脱走したなあ」

ミカが、ぽつりとぼくに言った。「最初から、ずっと脱走してばっかやったな」

「家にはじめて飛んできたのも、どっかから脱走してきたんかもしれんな」

「こいつ、アタシらがいまの家に引っ越した、最初の日に飛んできてんで。おぼえてる?」

「せやったか」

「せやねん。そんでアタシ、なんかええことあるかなーって思って、飼うことにしてんで。なんかタイミングええやん。お父さんとお母さんが離婚して、枚方から引っ越した最初の日やろ。そういう日に、青い鳥が自分から家に飛んできたら、なんか、ええことあるかなーって思うやんか」

「うん。ラッキーアイテムみたいやもんな」

「そ。そう思っててん。せやけど、あんま関係なかった。ふつうやったわ。この子は青い鳥、失格やったんかもな。そんなにハッピーなこと、持ってきいひんかったしさー。青い鳥にかって、いろいろあるんやな。できるやつと、できへんやつと。ちょっと目えはなすと、すぐ逃げてまうし」

ミカがわらった。「でも、かわいかったな。この子といるの、楽しかったな」

「ほんなら、やっぱ、ハッピーやったんやんか」

ぼくはそう言った。たしかにシアワセは、青い鳥としては、あまりできがよくなかったと思う。でも、シアワセなりには、努力もした。死んじゃってぼくたちを悲しませてもいるけど、それぐらいはゆるしてやってもいい。なにせ、人間でいうなら九十八歳だったんだから。たぶん。

「あいつがおって、楽しかったんやったら、それでよかったんやん。幸せの青い鳥、ギリギリ合格やったんちゃう？」

「せやなー。そっかもな。でも、この子自体は、ハッピーやったんやろか？　脱走しまくってたし」

「あんだけ楽しそうにしとったんや。そうに決まってるやろ」

スコップで穴を掘っていたヒロキが、強い口調で言った。からだが小さくて、こカに投げ飛ばされることもあるけれど、そのときだけは、ちょっとカッコよかった。ミカも素直に、「うん」って答えていたっけ。

穴がほとんど掘れたころ、花を探していた畑山がようやく帰ってきた。なんだか、やけに大きな花を、たくさん持っていた。ふつうに生えているようなやつじゃないってことは、だれが見てもすぐわかる。買ってきたやつともちがっていた。

「どっからとってきたん」

ぼくは聞いた。ヒロキもちょっとだけ、スコップで土を掘るのをやめた。

「下の小学校からとってきた。ほかに、花なんてなかったから」

「ドロボウ」

ぼそっとヒロキが言ったんだけど、ミカはその花を受けとった。

「畑山、腕のところ切れてるで。あそこの針金に引っかけたんやろ」

「あ、ほんまや」

畑山ははじめてミカとしゃべった。「なんか痛いって思った」

「あとで家にき。バンドエイドやるから」

そして、ミカと畑山の話を聞いているあいだ、ますますヒロキはきげんが悪そうになっていた。右目の下のところがぴくぴくするから、すぐにわかる。ミカみたいに怒って飛びかかったりはしないけど、右目の下だけで怒る。でもそのぶん、怒りパワーで、前よりずっと強くスコップが土にささるようになった。

そんなことをしているうちに、やっとシアワセを埋めるのにじゅうぶんな穴ができた。ぼくたちはもう、そのあとを手伝わないようにした。ここから先は、ミカじゃないとダメなような気がしたから。

ミカは、ふでばこに使っていた箱を開けた。そこには、シアワセが眠っていた。青い鳥失格のシアワセが。幸せを持ってこれなかった、シアワセ——でも、ミカに好かれていた青い鳥だった。

ミカはしばらく、その箱の中を見ていたけれど、そのうち、思いきってふたを閉めた。

それから、箱を穴の中に入れた。そっと入れて、そのあともしばらく穴の中を見ていた。

「じゃあ、バイバイ」

ミカはそう言って、穴の中に土をもどした。なんだか、ムリして簡単そうに言っているのが、ぼくにもわかった。それでもミカは、まったく泣いていなかった。死んでいるのを見つけたときは涙を流していたのに、いまはもう、泣いたりしなかった。

「ミカ。ごめんな」

ミカが穴を埋めるのをじっと見ていた畑山は、とつぜん言った。「ごめん」

「こっちこそ、どついてごめん。口、だいじょうぶか」

「あー、うん。ちょっとはれてっけど」

「ヘンな顔になったな」

「顔がずれてんねん。重さもちゃうねんで。左のほうが重いねん。ハハハハ」

「……あんな」

「ん？」

「あんなんしたけど、アタシはまだ、アンタのこと好きやよ」

いきなり、ミカがそんなことを言った。あんまりとつぜんだったんで、ぼくとヒロキは、びっくりすることさえ忘れていたぐらいだ。

「べつにもう、そんなんどっちでもええけど、言うだけ言うとく」

「うん」

畑山が答えた。きっとそのときの、ヒロキのショックは大きかったと思う。

「ぼくら、先に下りてええか？　もう、自分らでできるやろ」

ぼくがそう言ってやらなかったら、ヒロキはバカみたいに、いつまでもミカたちをぼんやり見ていたはずだ。

「ヒロキ、行こ。はよ帰って、『鬼武者2』やろーや」

「うん」

こうしてぼくたちだけ、先に丘を下りることにした。

最後に心の中で言った。

バイバイ、シアワセ。いつかまた会おうぜ。今度はぼくが鳥になってもいいや。おまえが、人間でさあ。またいろんな話をしよう。

じゃーな。


ところでそれからしばらくのあいだ、ヒロキは落ちこんでいた。あれから数日はぼくの家にこなかったし、ミカともうまく話せなくなっているようだった。そして一日じゅう、ぼんやりするようになった。とくに、体育の授業があるときは最悪。ヒロキがチームに入っていると、そこはぜったいに負けた。

その日も、体育の授業がソフトボールだったから、ヒロキのチームは負けた。でも、その原因であるヒロキは、なにもかんじていないみたいだった。ゲームが終わるとすぐ、ふらーっと、朝礼台の下に入ってしまう。動きかたは、波線のマークみたいに見えた。

〝〜〟←こういうマークみたいに、ふらーっと歩いた。

「ヒロキ、ええかげんに野球のルールおぼえや」

ぼくは、朝礼台の下にいるヒロキに言った。なにか声をかけようって思って。友情だよ、友情。

「野球おぼえたら、楽しいで。ぼくなんて運動オンチで、ぜんぜんうまくできへんけど、見てるだけでおもろい。ヒロキやったら、簡単にできるやろ」

「野球もソフトボールも、そんなんどっちでもええ。オレが悩んでるのは、もっと複雑やねん。ユウスケにはわからんやろうけどな」

「ミカのことちゃうん」

「えっ、なんでわかったん？」

だれだってわかるだろうって言いたかったけど、傷つけるといけないんで言わなかった。

「うーん。なんとなくそう思った」

「でも、ミカがどうのこうのとちゃうねんで。オレがへこんでるんはな、告白する前に終わってもうたからやねん」

「告白って、ミカに？」

「せやで。ミカに告白しよっかなって思っとった」

「へー」

一瞬、ヘンな気持ちになった。そりゃあヒロキぐらい、いい友だちはいない。でも、こいつぐらいミカのカレシになってほしくないやつもいなかった。悪気はないけれど、それならまだ、畑山のほうがマシだ。どうしてだろう。

「そう思っとったのに、あんなん、おかしい」

「あんな。ミカかってべつに、畑山とつきあってるわけとちゃうで」

「じゃあ、どうなってるんよ」

「そんなん、わからん。聞かれへんしさ」

「あにきやねんから、聞いてよ」

「自分で聞きいよ」ぼくは言った。「きょうだいのほうが、聞きづらいねんから」

「あーあ。カラオケ楽しかったな〜。もういっぺん、先週にもどらんかな」

ヒロキがそう言ったとき、女子たちがグラウンドに帰ってきた。夏が終わったせいで、女子はぼくたちより一足早く、マラソンの授業をはじめたようだ。本格的にやるのは冬からだろうけど、体育祭が近いんで、練習していたんだと思う。

そしてこれはいつものことだけれど、女子で一番にグラウンドにもどってきたのは、やっぱりミカだった。大またでバタバタ走っている。走ったあとには、砂煙が上がっていた。日付けを入れるスタンプみたいに、強く地面を蹴るからだ。

ラストのグラウンド二周をやっているのは、まだミカだけだった。

「だいたい、そこまで好きやったんやったら、先に言うとけばよかってん」

ミカの姿を見ながら、ぼくが言った。するとヒロキが、さっと砂をかける。朝礼台の下にある砂は、とても乾いていて、コショウみたいなにおいがした。

「アホ。おまえと友だちやから、いろいろ気いつかうんやんけ。ミカのあにきやから」

「そんなん言われてもなあ……あっ、でもそのかわり、チャンスは長いかもよ。あにきの友だちやもん」

「もう、ええねん。なぐさめはいらん」

そのうち、女子がどんどんグラウンドに帰ってくる。ヒロキはほかの女子を見ようともしないで、じっと体育座りをしていた。だれにも声をかけられたくないみたいで、ひざを強く抱えている。それでぼくも、朝礼台の下に入った。言うことはなにもなかったけど、いっしょになって体育座りをしてみる。

そんなことをしているうちに、ようやく女子の最後のグループがグラウンドにもどってきた。ちづるも、そのグループだ。ふにゃふにゃとイヤそうに走っていた。

てっきりそのまま、ぼくたちには気づかず、朝礼台の前を通りすぎるかと思っていたのに、とつぜん中に頭を入れてきた。さすがにヒロキもびっくりする。

「葉山。ちょっと話あるんやけど」

「話って、マラソンの最中やろ」

「いまやなくて。放課後、あいてへんの？」

「あさってやったらあいてるけど」

「ほんなら、そのときな」

そしてちづるは走っていった。いつもなら「ヒューヒュー」って言うだろうヒロキも、そのときはなにも言わなかった。

ただ、「修学旅行のことやな」ってつぶやいただけだ。

「みーんな、ソワソワしてんな。恋愛モンダイで」

「ちづるは関係ないで」

そんなことを言いつつ、なんだかウソをついているような気がして、ぼくは先に朝礼台から出ていった。

ヒロキ、ちょっとは元気出せよな。

9　ムームー?

放課後に家にもどってみたら、どうしてだかミカがいた。まさかいるなんて思わなかったから、おどろいて、からだがきゅっと細くなった気がした。生きていたころの、シアワセみたいに。

「なにが、ウワッやねん」

玄関のドアを開けてくれたミカが言う。

そんなミカを見て、ぼくはもう一度、おどろかなくちゃいけなかった。なにせそのときのミカは、スカートなんてはいていたからだ。オトコオンナで乱暴者のミカが、私服のときにスカートをはいているのなんて、本当に、生まれてはじめて見たかも。化粧もしていた。

ついこう言いたくなる。「ウワッ、なにしてるん？」なんて。でも、こんなときは、おどろいちゃいけない。ミカだって照れくさいはずだから、さりげないふりをしてあげないと。ぼくだって一応、あにきだしさ。

「なにがウワッよ」

「なんで、もうミカが家にいるんかと思ってさ」

「ユウスケ、アンタ忘れてんな？　今日、お父さん外でごはんやって言うとったやろ。せやから、早く帰っとけって言われとったやんか」

その話は、本気で忘れてた。最近、学校がいろいろ忙しいせいだ。体育祭のことで悩まないといけないし、修学旅行のしおり係だし、ちづるだとかミカだとかヒロキだとか、いろんなことがある。そんなのが一度にあると、ついつい父さんとの約束も忘れてしまう。ぼくだっていろいろやることがいっぱいなんだな。

だいたい、中学生って忙しすぎる。小学生の百倍くらい忙しい。でも二年上の先輩は、高校に入ると、中学の百倍忙しいって言っていた。いまだけでもせいいっぱいなのに、信じられない話だ。１００×１００で小学校の一万倍なんて、まるで顕微鏡のレンズみたいな数字。

「そう言うたら、そうやったかな」

「夕飯に、焼肉食べにいくのもおぼえてる？」

「あー、そうやった」

「ユウスケ、サボったらただじゃすませへんで。焼肉行くんやからな。お父さん、家買うたばっかやから、お金あんま持ってへんねんから。それやのに、焼肉行くんやで。わかってんな」

「そんなに肉食べたくなったんかな」

「アホ。なんか、すごーく大事な話があるんやろ。お父さん、焼肉に行くときいっつも、なんか話あるときやんか。十四年も子供やってて、まだわからんか」

ミカはえらそうに言った。よく言うよな。そういうのを一番わかってなかったのが自分のくせに、急に大人みたいなふりして。

「とにかくユウスケ、今日はちゃんとしいや」

「わかった。せやけど、ちょっと出かけてくる。夕飯までには帰ってくっから」

「えっ、ほんま？　こんなときに、どこ行くんよ」

「ヒロキにゲーム借りに行ってくる。ミカもいっしょに行くか？」

これはウソだった。ヒロキの所に行く予定なんてない。ただ、ミカがうるさそうなんで、ちょっと、かまをかけてみただけ。だってスカートをはいているわりだから、ヒロキのところになんか、行けるはずがない。ずるいけど、そういうのをわかってて言ったわけだ。

「う、う〜ん。アタシ、今日は行かれへん。やめとく」

「ほんなら一人で行ってくる」

「行ってき。ヒロキによろしく」

で、ぼくは制服も着替えず、カバンだけ玄関に置いて、そのまま外に引き返そうとした。そのときになってやっとミカは、ぼくにむかって「ユウスケ、なんか気づかん？」って言った。

「アタシ、なんかヘンとちゃう？」

「なにが」

「だって、スカートはいてんねんで。わかってた？」

「そりゃ、そんなんわかってたけど、それがどないしたん」

「ヘンとちゃう？」

「ヘンもなんも、ただのスカートやんか。ふつうのスカートや」

「そう？」

「制服で見慣れてもうてんな。なんもかんじへん」

「ほんならええねん」

そしてミカは、応接間に行ってしまった。本当言うと、すごく似合ってるとは言いにくかった。でも、悪くない。ミカのことを知らない人が見たら、けっこうかわいく見えたかも。きっとぼくが、オトコオンナのミカのほうに慣れてしまっているから、そんなふうにかんじるだけだ。カレーといっしょで、慣れるまでに少し時間がかかるだけ。そのうちそれが、当たり前に見えるだろう。

だからそういうときに、あーだこーだ言わないこと。前のほうがよかっただとか、イチャモンばっか言う人間にはならないこと——よく、母さんに言われたもんだ。

とにかくぼくはそのあと、ヒロキの家ではなくて、近くの小学校へ行った。もちろん、なにかあったら困るから、ヒロキには携帯から電話をしておいた。ぼくがゲームを借りにいっていることにしておいてって。ヒロキは、ぼくの言うことをしぶしぶ聞いてくれた。でも、あとでたこ焼きをおごらされることになったけれど。

で、本当にぼくが小学校の前で待っていたのは、なんと、ちづるだった。ちづるが、シアワセのお墓参りをしたいなんて言い出したからだ。だって、お墓参りなんてしなくていいよとは、さすがに言えない。ちづるだって悪気があるわけじゃないはずだし。

ただ、一つだけイヤだったのは、またあの古墳に上らないといけなくなったことだった。いつ人に見つかるかわからないし、前とちがって、今度は男が一人だけだ。だから、イヤって言うよりは、不安だったのかも。

だけど、そういうときにかぎって時間は早く進む。小学校の前に着いたら、すぐにちづるもやってきた。しかも、ちょっと、お気に入りの服を着てきたみたいだ。まさかこれから林の中に入って、道もない丘を上るなんて思ってもみなかったんだろう。

「ごめん、ちょっと遅くなった」

ちづるは言った。「これ探しとってん。お線香」

「線香なんて持ってきたん？」

「だってお墓参りやんか。せやけど、なかなか売ってへんねんな。文房具屋とか、雑貨屋にあると思ってたら、なかった。ふつうのお線香って、そういうとこにはないねん」

「で、どこで見つけたん」

「それが、コンビニに売ってんねん。ちょっとびっくりしたわ。お線香やで、お線香。花火の横に置いてあって、わらったわ」

ちづるのおでこには、ちょっと汗が光っていた。きっとこの線香を探したせいで時間がなくなって、急いでここまできたんだと思う。

それからぼくは、前に入ったのと同じ場所に、ちづるを案内した。立ち入り禁止の看板と、フェンスのかわりに、針金が走っている場所だ。でもちづるは、しんどそうな顔をしなかった。学校ではいつもあんなふうに、だるいとかうざいとか言ってるくせに、こんな針金のあいだをくぐり抜けるのには、ぜんぜん文句を言わなかった。ヘンなやつだ。

「ここ、立ち入り禁止って書いてあったで」

「うん。でも、ここの上に埋めてん」

「そっか」

ちづるが言った。「わたしのときは、市民公園に埋めてん。むかし、セキセイインコ飼《こ》うてたことあるって言うたやろ」

そこでちづるが滑りかけたのに気づいて、さっと手を持ってやった。おかげでこっちは、すっかり泥で汚れてしまったんだけど、ちづるにこんな場所でひっくり返られるほうが、ずっと困る。わらうかもしれないし（ぼくは、すごく大事なときにかぎって、わらってしまう）。

「サンキュ」

「べつに」

てれくさかったので、ぼくはわざと、そっけなく言った。「せやけどちづるは、なんで市民公園にしたん？」

「ん？　だって、家の近くやん」

「あっ、そっか。あのそばの団地って聞いてたわ。そう考えたら、ぼくはちづるのことって、ほんまなんも知らんねんなあ」

「わたし、ブスーッとしてっから、あんま人に声かけてもらえへんもんな」

ちづるが言った。「せや。それで思い出したんやけど、葉山の家も親がひとりやねんて？　離婚したんか。それとも死んだ？」

「え、ぼくん家？　離婚やけど、なんでよ」

「わたしの親も一人やから。お父さん、交通事故で死んでん」

「そうなんか。ほんならいまは、お母さんと二人で住んでんのん？」

「ううん、おじいちゃんたちと住んでる。お母さん忙しくて、わたしのことめんどう見られへんから」

「そうやったん。たいへんやな」

「わたしはそんなにたいへんでもないで。おじいちゃんら、やさしいし。ただ相談とかできんのが困るけど。おじいちゃんとかやと、悩みごととかあっても、あんま言えへんやん。言っても、わからんかもしれんしさ」

「親でも、あんまわからんもんやで」

「ほんなら葉山は相談あるとき、どないしてるん？　友だちにも言いづらいこととかは？　メル友とかに話すん？」

「まー、そういうときもあるけど、ほとんどは一人で考えてる」

「葉山は強いなあ。わたし、すぐだれかに聞いてほしなるわ。答えとか出してもらわんでええけど、とにかく、だれかに聞いてほしいな。自分のこと」

そのあと、ちづるはじっとぼくのことを見ていた。汚い手で顔をぬぐったせいだろう、鼻の下が泥で汚れていた。どうしてだか、ぼくはどきどきしてきて目をそらした。

こうしていろいろ話していたせいで、丘の上についたときはもう、夕方の空がまっ赤になっていた。赤い色のせいか、空に浮かんでいる雲は、作り物みたいだった。だれかが絵に描いた、ウソの雲みたいだった。そんな雲を見てから、下に広がった町を見ると、それもぜんぶウソに見えた。隣にいるちづるも、ウソみたいだった。鼻の下がまだ汚れているのもウソみたい。

もしかするとぼくが、ちづるのことを好きになりはじめているってことも、やっぱりウソみたいだった。

「お線香、あげてええか」

ちづるは言った。フタを開けて、百円のライターで火をつける。線香の先が燃えてきたから、軽く息をかけて煙を出した。するとちづるは「手で消さんとあかんって、よお、おじいちゃんに言われたわ」なんて言った。ぼくの家には仏壇もないし、近くにお墓もないから、線香の火を手で消さないといけないことなんて知らなかった。

ちづるは、線香を三本ぐらいまとめて、シアワセの墓の上に立てた。

ぼくは、そんなちづるの顔をじっと見ていた。横から見ていると、まつげがとても長かった。ほっぺたに、ぽつんとキスしてみたいなと思った。もちろんしなかったけど。

「ちづる」

「うん？」

「修学旅行の自由行動のときさ、いっしょに映画見る？」

「うん。あんたがそう言うんやったら、それでもええかな」

ちづるは、えらそうにそう言った。

それから二人して、シアワセに祈った。幸せの青い鳥にはなれなかった、青い鳥。

なのにぼくはそのとき、少しだけ、幸せになったような気持ちになっていた。

ところでその夜、ぼくたち家族が夕飯を食べに行ったのは、なんと健康ランドだった。たくさんのお風呂があって、宴会をするところだとか、ゲームセンターなんかがいっしょになった場所だ。焼肉を食べるって言ってたのは、その中にある焼肉屋さんのことだったらしい。

ところでミカは、あまりお風呂が好きじゃない。からだをきれいにするのがイヤだっていうんじゃなくて、湯船につかるのが嫌いみたいだ。なのにどうしてだか、むかしから健康ランドは好きみたいだ。その日、健康ランドに行こうなんて言い出したのも、もしかしたらミカだったんじゃないかと思う。

反対にぼくは、湯船に入るのは好きでも、健康ランドはあまり好きじゃなかった。それは、お風呂のあとに着る服のせいだ。男のは、タオルでできた黄色いアロハシャツみたいなやつと、黄色いパンツ。そして女の人のは、ムームーってやつ（でも、本物のハワイにあるやつとは、だいぶんちがう）。

ぼくは、これを着るのがイヤなのだ。たしかにすごく楽ちんなんだけど、とにかくカッコ悪かった。

そりゃあムリして着なくたっていい。でも、着なかったら着なかったで、かえってカッコつけてるみたいだもんな。自分の服も、汗で汚れるし。それでぼくは、いつもムリして着ていたんだけれど、なぜかミカはこの服が好きだった。もしかすると健康ランドが好きなんじゃなくて、このムームーが好きだったりして。

なのにその日だけ、お風呂から上がってきたミカは、ちゃんとスカートをはいていた。しかも、男湯から遅れて出てきた父さんまで、ちゃんと自分の服を着ている。ぼくだけヘンな服を着ていて、すごくまぬけに見えた。いっそのこと服を着替えにいこうかって思ったぐらいだ。めんどうになって、しなかったけれど。

とにかくぼくたちは、お風呂から上がって、健康ランドの中にある焼肉屋に入った。中にいる人が、だいたい、ぼくと同じ服を着ていて、ほっとする。さっそくテーブルについて、肉と飲み物を注文した。

ところでミカがここにくる前、父さんが焼肉を食べに行こうって言うときは、なにか大事な話があるときだって言っていた。そんなことを聞いていたせいで、ぼくはそのとき、見かけよりずっと緊張していたはずだ。緊張していたから、かえっていつもより、たくさん話をした。学校であったことや、最近見たテレビの話なんかを。ぼくだけじゃなく、ミカまで、そんなかんじだった。それどころか、父さんまで。だから、早く肉がきてほしかった。肉を焼いていれば、しゃべらなくたっていいもんな。

でも一度肉がくると、今度はみんな、ぜんぜん話さなくなってしまった。肉ばかりすぐなくなっていく。結局、全員緊張したままだった。

「なあ、お父さん」

ついにミカは口を開いた。「今日は、なんか話があったんとちゃうの」

「ええ？　どうしてさ。そんなかんじがするか」

「だって、焼肉食べたいってお父さんが言うとき、いっつもやろ」

「そうかな」

「お父さんだけが、気づいてへんねん」

ミカに言われて、父さんは困ったような顔でわらっていた。でも、やっぱりなにも言わず、焼けたかぼちゃなんかをひっくり返している。追加の肉はまだこなかった。肉はまだなのに、父さんがたのんだビールだけ、すぐにきてしまう。

父さんは新しいビールのジョッキを、ぐっと握った。それから、ぐっと口のところに持っていった。そこまでやったんだったら、ぐっと飲んじゃえばいいのに、急に力がぬけたみたいになって、ジョッキをテーブルの上に置いてしまった。

ビールの泡は、琵琶《びわ》湖の水みたいに、たぷんたぷんとゆれた。

「父さん、再婚しようかなって思ってるんだけど、どうだろう」

父さんは、ついに言った。いつか言うだろうとは思っていたけど、それなりにショックだった。本当を言うとぼくは、いつかこういう日がくるときのために、準備をしていた。ちなみに、ぼくが考えていた、〝こういう日〟の子供のセリフはこうだ。

①そっか、よかったね。いいと思うよ。

②父さんの人生だもん、好きにやったら。

③ふーん。いいんじゃないの?

こんなのが十個ぐらいあったのに、父さんがあんまりとつぜん言うから、前から考えていたのはどれも言えなかった。しばらくして、なんとか言えた言葉は、

「えっ?　まじで?」

だ。あんまり軽すぎて、言った自分もびっくりしてしまう。

　ただ父さんもミカも、ぼくの言葉はぜんぜん聞いていなかったみたいだ。それとも、ぼくがまだ、なにか言うはずだって思っていたのかも。「えっ？　まじで？」で終わりのはずないだろうって。

　でも、ぼくに次の言葉はもうなかった。それでかわりにミカが、父さんに言った。

「香坂さんと、結婚すんのん？」

「うん、そのつもりだよ。どうかな」

「どうかなって、アタシたちの意見も関係あるんやろか」

「そりゃあるさ。家族なんだから」

「ほんなら、言うけど……アタシは、ちょっとイヤやな」

「ミカ」

　ぼくは、ひじでミカをつついた。でもやっぱり、ぜんぜん相手にされなかった。

「アタシ、家に外から女の人がくるのって、ちょっとイヤや。友だちに説明せんとあかんのがめんどうやし、もしうまくいかんかったら、家におられへんようになる」

「うん」

「ごはんの味がかわってまうかもしれん」

「うん」

「香坂さんのこと、一生、親と思えへんかもしれん」

「うん」

「それに、あとは……」

「ミカ、もうええやろ」

思わずぼくは言っていた。「おまえ、自分のことばっか言いすぎや。人のことも考え」

「ユウスケ、いいよ」

父さんは、かぼちゃをひっくり返すのを忘れていたみたいだ。すっかり、はしっこがコゲてしまっていた。しかもいまごろになって、肉がなん皿も届いた。たのんでいたんだからしかたないけど、そのときはちょっとジャマだった。黒くなってきた網をとりかえてくれても、それもジャマだった。

「ミカの思ってること、ぜんぶ聞きたいんだから、いいんだよ」

「そんなん、おかしい。家族やからって、なに言うてもええってことないやん」

「そりゃ、そうだと思うよ。でも、今日だけは聞いておきたいんだ」

父さんは肉も焼かず、ビールも飲まず、じっとミカを見ていた。「さ、ミカ。続きは？」

「あとは……」

それからしばらく、ミカは思ったことを、ぜんぶ言った。本当になにもかも言うつもりなんじゃないかってぐらい、話した。それがあんまりひどくて、ぼくはすっかり腹が立った。そして、悲しい気持ちにもなった。父さんと香坂さんが、かわいそうすぎて。

だからぼくだけは、怒った顔でずっと一人、肉を焼いていた。そして、怒りながら食べた。ミカが言いたいことを言い終わるまで、ずっと食べているつもりだった。

「それぐらい」

「本当に、もう終わりかい」

「うん、たぶん」

ようやくミカがそう言ったときには、ぼくもほっとした。隣に座っていたから気づかなかったけど、ミカはいつのまにか泣いていたようだ。こいつは、泣いてもヒックヒックってならないから、なかなか気づかない。コンタクトレンズを落とすみたいに、涙だけぼろっと流す。

「これでぜんぶ言うた」

「ミカの気持ちは、よくわかったよ」

「でもお父さん、再婚したらええよ……たぶんアタシも、香坂さんのことは好きやねんからさ。きっと、いっしょの家で住むってのがこわいんやと思う。それから、父さんが新しい人と結婚するってこともこわいし。こわいから、こんなん言うてるんやと思う。だから、アタシがそういう気持ちでいるってことわかってもらえるんやったら、あとはなんとかなるねん」

「そうか」

「せやから応援する。時間かかるやろうけど」

「ありがと、ミカ」

父さんは安心したのか、そこでビールをぐっと飲もうとした。ところがそのとき、またしても「あっ」と言って、ビールを下に置いた。ビールの泡が、たぷんたぷんゆれる。

「まだユウスケに聞いてなかった。ユウスケはどう思う？」

「えっ。あー、うん。ええんとちゃう」

いまさらぼくには、それぐらいしか言えなかった。だって父さんたちが一人で、さんざん話したあとだったものな。

でも、そうしたらミカはさっきのお返しみたいに、ひじでぼくのことをつついた。ただしミカのは、もっと痛い。骨が折れそうなぐらいつついてくる。

「痛いな～、ミカは」

「アンタなー、家の大事なときやねんで。もっとほかに、なんか言いよ。さっぱりしすぎやねん」

「べつに、もうないもん」

「お父さん、こんな子、どう思う？　こんなときに、ええやんか、だけやって。塾行く話とちゃうんやで」

「いいよ、ユウスケ。ムリしなくってもさ。おまえのことも、わかるよ」

「うん」

そして父さんは、ぬるくなったビールといっしょに、ぼくがまとめて焼いてしまった肉を食べた。焼きすぎて、ちょっと固くなった肉だ。するとさっそくミカも食べはじめた。二人が焼肉をほおばっている姿は、ちょっとよかった。ぼくだけは、食べすぎでしばらく肉を見たくない気分だったけど、父さんとミカは、本当に幸せそうだった。

だから、こんなことまで思ってしまう。もしかしたら、シアワセはまだ生きていて、ちゃんとぼくたちのことを考えていてくれてるんじゃないかって。

ぼくたちはけっこう、ちゃんと幸せになってるような気がした。

「そのヘンな服、青い鳥が描いてあんのな」

ぼんやりしてると、ミカがふいに言った。ほとんど生のレバーをガシガシかじりながら。

「ええわ、それ。なんか、ええことありそうやんか」

だったら、自分が着ろよ。そう言ってやりたかったけど、やめた。今日はもう、ケンカはいっさいナシ。せっかくの幸せなかんじを、だいなしにしたくない。

このかんじだって、鳥みたいに、すぐ逃げてしまうかもしれないから。

10　星が落ちてきた

そしていよいよ、修学旅行だ！

と言いたいんだけど、その前にちょっとだけつけ足し。まあ、聞いて。それは一年生の終わりのことで、クラスの担任が、中学校をやめる日だった。先生は、どうしてやめるのか理由は言わなかったけれど、最後の日にこんな話をした。

「平等、平等ってみんな言うやろ？　でもほんまに平等なんは、時間だけやわな。大金持ちでもお金ない人も、一日は二十四時間って決まってる。ミュージシャンかって学校の先生かって、男も女も、一日は二十四時間やで。人から借りることはできん。買うことも売ることもできん。せやからみんな、自分の時間を、悔《くい》のないように使わんとあかんで」

そのときは、なにをわけのわからん話をしてんだろうって思ったけれど、ぼくはこのなん週間かで、その先生の言ったことが、すごくよくわかるようになった。

このときぐらい、だれかに時間をわけてほしいって思ったことはないからだ。とにかく忙しかった。

だってまず、毎日学校に行って、勉強をしなくちゃいけない。弁当を食べて、そうじもしないといけない。それだけでもたいへんなのに、放課後には修学旅行のしおりをパソコンで作ったり、ちづると映画や小説の話をしなくちゃいけない。

しかも今月は好きなRPGの続編が発売になって、それもつい買ってしまったから、家ではゲームもしなくちゃいけない。そりゃあゲームは遊びだ。そんなもの、いまやらなくたっていいって、大人は言うだろう。でも、大人はあしたもあさってでも大人だから、そんなのんびりしたことが言えるんだと思う。ぼくは、もうすぐ中三になるし、そのうち高校生になるし、グズグズしてると大人になってしまう。そうなったら、たくさんゲームとかできなくなるかもしれない。いまやらないと！

……と言うのはウソ。いいわけ。でもやっぱり、買ったばかりのゲームをやらないでとっておくなんて、できっこないもんな。

さて、ぼくはこんなだったけれど、ミカやヒロキは逆に、いつもよりヒマそうだった。ヒマなもんだから、最近、ぼくのつきあいが悪いって文句を言う。そこまでヒマなんだったら、ミカとヒロキのあまった時間をわけてほしかったけど、先生の言っていたとおり時間だけは平等だった。みんな同じぶんだけしかもらえない。

そして、忙しい子にもヒマな子にも、修学旅行の日がやってきた。

ぼくにとってはあっというまで、ミカたちには、ようやく、だっただろう。

修学旅行に行くバスの席順は、たしか、クジ引きのはずだった。いちおう女子と女子、男子と男子は、隣どうしの席になるようになっている。酔いやすい子だけは前だったり窓ぎわだったり、いろいろ変更はあるんだけど、ほとんどはクジ引きで決まる。

でも発表された席順を見たら、そんなのぜったいに信じられなかった。だれかがトレードしながら決めたにちがいない。だってみんなうまいぐあいに、友だちグループで固まっていたから。

グループとグループでも、似たようなのが集まっていた。たとえば騒々しい男子グループと、よくしゃべる女子グループは、まとめてうしろのほうの席。クラス公認のカップルは、こういう、うるさいやつらからなるべく離れていられるように、前の席。

そしてぼくは、だいたい真ん中あたり。隣はヒロキだった。しかも前に座ってる女子たちは、ミカとちづる。

そんなのぜったいに、クジ引きで決まったはずがない。

「そんなん、あたりきや」

ぼくが席順の話をしていると、バスの席に座ったヒロキは言った。このあいだ買ったばかりの、新しい学生服を着ている。きっと、裏ボタンも新しいやつだろうから、あとで見せてもらおう。

「だいたい、せっかくの修学旅行やねんもん。好きでもなんでもないやつの隣で、ずーっと座ってたらおもろないやん」

「そんなんやったら、最初からクジ引きなんてせんだらええのに。時間のムダや、ムダ。ただでさえ、忙しかったのに」

「だって、そしたら平等にならへんやん。クラスに友だちおらん子は困るし、そのグループが奇数やったって困るやろ。世の中、生きていくにはタテマエとホンネがいるんやで。一応クジ引きで決めましたってのがタテマエ。でもほんまは、みんな好きなように席順をかえましたってのがホンネ。わかる？　タテマエだけでも、ホンネだけでもあかんねん」

「なんか、大人みたいなこと言いよるな、ヒロキは」

「まーな。おっちゃんの言うたまま言うてるけど」

「やっぱり」

ぼくは言った。

ただ、ぼくとヒロキはそれでもいい。問題は、ちづるの隣に座った、ミカのことだった。倉敷に行くまでは時間がかかるのに、バスが走り出して一時間しても、二人はぜんぜん話そうとしなかったからだ。本当にときどき、どうでもいいような話をするぐらい。

「きのうの××ってドラマ見た？」「あー、あれおどろいたわ」「ほんまや」――そんなかんじで終わりだった。ぼくとヒロキだったら、それだけでいつまででも、べらべらしゃべっていられるけど、ミカとちづるは数秒で終わってしまう。それが、ちょっと不安だった。

そんな空気を、ヒロキもかんじていたのかもしれない。なぜって、バスが神戸に入ろうとするころになって、とつぜん前の座席のあいだに、手をつっこんだからだ。あんまりにもとつぜんで、ぼくにはなにをしているのか、すぐにはわからなかった。もちろん、前に座っていたミカたちは、「ギャッ」っていう声をあげた。静かに、窓の外を見ていただけだったんだから。

「なにしてんねん！」

前に座っていたミカは、ふりかえって言った。「手ぇ入れたん、だれじゃ」

「ユウスケが入れとったみたいやで」ヒロキが言った。「ちづるに言うことあるってさ」

「変態」

前に座っていたちづるが、わらいながら言った。「むっつり」

「そんなん、ぼくはしてへん」

「せやせや。だいたい、あれはユウスケの手とちごうたで。ヒロキ、アンタやろ？手つきがやらしかった」

「オレは知らんデフ」

ヒロキはウソを言うとき、鼻の穴が広がるんで、すぐ、こんな発音になる。ミカもそれに気づいたようで、うしろの座席にいるヒロキの首をしめようとした。そうしたら、たまたまバスが急停車。ミカは頭つきでもするみたいに、ぼくたちのほうへと、つっこんでしまった。クラスメイトたちはわらっていたけれど、兄としては、それどころじゃないぐらいにはずかしかった。

バスの運転手さんにまでアナウンスで注意された。運転中は危ないんで、立ち上がらないように、って。先生もいっしょになって怒っていた。

「だって先生、こいつ人のヘンなとこ触ってんで!!」

ミカが言うと、先生はヒロキとぼくに向かって、「なにをしたんや」なんて聞いてきた。

つーか、ぼくがミカを触るわけないだろ。そう思ったけど、ヒロキといっしょに怒られてやった。

そのあいだもバスは、ずんずん走っていった。いつのまにか、神戸を抜けようとしているところだった。垂水《たるみ》区のあたり。母さんが産まれた街だった。ぼくはそれに気づいていたんで、このあいだの焼肉のときみたいに、ちょっと静かになっていた。

するとて、今度は前に座っているミカたちのほうが、ぼくにちょっかいをかけてきた。

「ユウスケ、静かになってどないしたん」

座席の隙間から、ミカが聞く。

「べつになんも」

「吐きたくなったんやったら、ビニールやろか」

「吐きたくないっちゅうの」

「酔ったんやで」

ミカはぼくの言うことなんてぜんぜん聞かず、ちづるにそう説明していた。でもまあそれも、ミカなりに努力してたのかもな。ちづると仲よくなろうとして。

ちづるもそのあとは、ミカといろいろ話をしていた。二人で〝きのこの山〟をわけあったりしながら、なにか楽しそうにやっていた。

小学校のときのは一泊しかしなかったからわからなかったけど、中学生になって修学旅行にきて、はじめてわかったことがある。

それは、修学旅行っていうのがとにかく眠いってことだった。

だれのせいでもなくて、自分が悪いのはわかっている。旅行の前の日からしてそうだった。ぼくは修学旅行の前の日、遅くまでヒロキと電話で話したあと、なんだか眠ることができなくなって、いつまでもゲームをしてしまった。それなのに、またしてもヒロキとしゃべっていたせいで、バスの中では眠ることができず、倉敷に着いたころには頭の中がヘンになっていた。鼻の奥に、テニスボールが入ってるみたいだ。なのにそのまま、午後の自由時間になってしまって、ぼくはちょっと不安になった。なにせこれから、隠れて映画館に行くわけだもの。せっかくそんなことまでやっておいて、映画がはじまるなり眠ってしまったらバカみたいだ。

そこでぼくは、自由時間がはじまると、眠ってしまわないようコンビニでガムを買った。それから、ネットで調べておいた映画館に行くことにした。もちろん、ちづるとは、映画館の近くに行くまで、顔を合わせないようにしておいた。最初から二人で歩いていたら、みんなになにを言われるかわかったもんじゃないから。

でも一番たいへんだったのは、先生よりヘンなうわさより、ヒロキだった。自由行動の時間になってから、ヒロキがずっとぼくにくっついてきたからだ。ひとりで行きたいところがあるんだなんて言っても、なかなかわかってくれない。いつもだったら、なんとなくぼくが迷惑そうにしているときは、ミカのところに行くことが多いのに、そのときはいつまでもついてきた。しかも、ぼくがなにかを隠そうとするから、かえってヒロキは気になってしまうんだろう。いっそのこと、ちづると映画を見る約束があるんだよって、正直に言ってしまおうかとも思った。

そしてだんだんと、映画館も近くなっていた。二人でいくつ橋を渡っただろう。おみやげを売っている店も、いくつも通りすぎた。なのにぼくは、どれもおぼえていなかった。

(もうだめだ、白状しよう)

ぼくがそう思ったのは、本当に映画館のそばに着いてからだった。はっきり言うより、いい方法はなかった。

「あ、あんな、ヒロキ」

「なんや?」

ヒロキは言った。でも、ヒロキは真剣じゃなかった。ぼくたちの中学だけじゃなく、ほかの学校の女子たち（中学生か高校生かはわからない）も、たくさん歩いていたからだ。それで、ヒロキはすっかり女の子に夢中だった。

「うわー！　あの子、見た？　スカートみじかー！」

「あのさ」

「あっ、あの子見てみ。芸能人のだれかに似てんな〜。だれやろ？」

「ヒロキ」

「なんや？」

うざったそうに、ぼくのほうをむいたときだった。約束していた映画館のあたりから、ちづるが一人で走ってきた。

あ、もうダメだと思った。ばれた。

だけどちづるは、そんなのおかまいなしに、ぼくたちのところへ走ってきた。バスの中ですっかり仲がよくなっていたせいか、ヒロキもそのときはイヤな顔をしなかった。

「ちょっと、ちょっと。びっくり」

「なんや、ちづるやんけ」

ヒロキは言った。「偶然？　それとも、オレのストーカー？」

「あんたそのうち、大阪湾にしずめるで」

「どないしたんよ、ちづる？」

「葉山、あんな。さっき、あんたの鳥見たって子がいたで」

　ちづるの言葉に反応して、ヒロキがこっちを見る。そりゃあそうだ。シアワセを埋めたときは、ヒロキだっていたんだから。これ以上ないってぐらいに、死んでいたんだもの。だから、悲しみもMAXだったはずだ。

「ほんまやよ。ミカの友だちの子が、気づいてん。あんたの家の鳥、ヘンなダンスおどるんやろ？　三角のダンス。それやってたって。その子が、向こうに飛んでいったんやって」

「アホか。ミカの鳥、死んだんやで。オレ、ユウスケと埋めたもん。こんなところ、飛んでるわけない」

「わたしかって、ユウスケとお墓参りしたよ。せやから、死んでるって知ってる。でも、飛んでたって言うんやもん」

「お墓参り？　ユウスケ、まじで？　ちづるとそんなんしてたん？」

「えっ、まあ。そうやけど」

「おまえ、なに隠してんねん」

ヒロキは小さいくせに、ぼくにヘッドロックをかけようとした。でもそのとき、ちづるが「ほら、あれとちゃうの？」って声をあげた。

それでぼくたちも空を見た。たしかにそれは、シアワセに似ていた。どこがどうって言われても困るけど、なんとなくだ。電話の声だけで友だちの名前がわかるように、なんとなくそれがシアワヤだってわかった。しっぽの短いかんじだとか、忙しそうに飛んでいるかんじだとか、そういうのがそっくりだった。

そしてぼくは、思わず鳥を追いかけていた。ヒロキもちづるも、いっしょになって走り出した。でも、鳥を追いかけるのは思ったよりしんどかった。空には壁がないけど、地上には家もあるし、横断歩道もある。だから、鳥を追いかけるには、最強バージョンの〝まっすぐゲーム〟をやらないといけなかった。どこにでも入っていかないと、すぐに見失ってしまう。

シアワセに似た鳥は、住宅地にむかって飛んでいた。小さな家がいくつもたっていて、たくさんの路地がある。そこに入ったとたん、どっちがどっちだかわからなくなった。家の塀と、地面と、空でできた、迷路の中に入れられたみたいだった。

それでもシアワセは、まっすぐ飛んでいた。

そして、それを追いかけているうちに、自分がひとりになっていることに気がついた。迷路みたいな路地を、いつのまにかみんなばらばらに走っていたらしい。それでもぼくは、みんなを探しにもどる気にはなれなかった。本当にあと少しで、シアワセに追いつけそうだったからだ。手を伸ばせば、すぐにつかまえられそうだった。

あと一歩、ジャンプができたら。そう思って手を伸ばしてみた。するとそのときシアワセは、目の前の路地を、かくんと九十度に曲がった。あとから続いたぼくも、急いで角を曲がる。

でも、その先にいたのは、シアワセじゃなかった。

それは、ミカだった。背中しか見えなかったけれど、ぼくにはすぐにわかった。ヘンな、ヘビのおもちゃを持っていたから。それに、畑山もいっしょだったし。二人はどうしてだか知らないけれど、こんな場所で、とても大事な話をしているようだった。

そしてそのすぐそばに、あの青い鳥がとまっていたわけ。すぐ隣の、低い塀の上にとまっていた。なのに二人とも、ぜんぜん気がつかないみたいだ。近すぎるせいなのか、話に夢中になっているせいなのかはわからなかった。

　ぼくは、気づかれないように、角のところに隠れた。そこからそっと顔を出して、鳥を見ていた。するとそいつはぼくに気づいたらしく、くるりとふりかえった。

　そして、ハテナ？　と、首をかしげる。なににおどろいたのか、からだを細くもした。

　それは、どう見てもシアワセだった。口をモゴモゴしているかんじでわかる。でも、ぼくのほうには近づこうとはしなかった。ぼくは、ミカにかんづかれないよう、手だけ出してシアワセを呼んでみたんだけど、どうしても近くにはこない。ただ、目をゆっくり閉じて、からだの毛をぼわっとふくらませていた。それから、首を横にふる。

　まるで外国の人が、肩をすくめるしぐさのようだった。しかたないけど、どうにもならないのさ。なんて、言いたそうだった。

（おまえ、ふざけてないで、はよこっちこい！）

いまにも声に出そうなぐらい、ぼくは強く思った。

するとそのとき、だれかがぼくの肩をたたいたような気がして、ふりかえった。ヒロキか、ちづるだと思ったんだけど、うしろにはだれもいなかった。学生服の肩のところが、ゴワゴワしていたせいかも。

それですぐ、またもとの場所を見たんだけど、もうそこにシアワセはいなかった。うしろをむいたのは、ほんの一瞬だったのに、からだがあっというまに消えてしまったみたいだった。どこに行ったんだろうと思って、キョロキョロしてみても、いないものはいない。しかもそのうち、なんだか知らないけどミカと畑山は握手をしていた。

なにやってんだ、あいつら？――これも、心の中だけで思った。

だいぶたってから、ぼくは路地を引き返した。ミカたちがどこかに行ってしまったあと、しばらくシアワセを探してみたんだけど、やっぱり見つからなかったからだ。塀のそばには、羽も落ちていなかった。シアワセがよくする、フンもなかった。ただ、頭の上の雲が、鳥の形に見えたぐらい。それでしかたなく、映画館のあるほうへもどることにした。

映画館のそばでちづるに会った。ちづるはぼくを見つけると、「映画、もうはじまってもうたな」って言った。

「それより、鳥見つけた？」

「ん？　似てるのは見つけたけど、すぐにおらんようになった」

「逃げたんか」

「消えた」そう言うしかなかった。「ぱっと、消えてもうた」

「鳥が、ぱっと消えたん？」

「うん。とつぜん消えてもうた。そのあと探してみたけど、おらんようになってってん」

「なんでやろ」

「うん。でも、よお考えたら、あれがシアワセのはずないわ。ちゃんと死んでたし、埋めたんやし」

「死んでたの、まちがいやったとかは？　もしかしたら、それってシアワセとちごうたんかも」

「そんなはずないって。それに、もしそうやとしても、こんな遠くまで飛んでくるはずないやん」

「そっかな」

「せやで」

そしてぼくも、映画館の上映表を見た。ちづるの言ったとおり、映画の時間はとっくにすぎている。次のだと、集合時間に間に合わないし、途中から見るのも嫌いだ。

「あーあ。ほんまに、映画の時間すぎてもうたな。これから、なにしよっか？　それより、ヒロキ、ヒロキはどこにおるんやろ」

「ヒロキ？　ヒロキはさっきミカ見つけてな、そのまま追いかけてったで。ミカがおったら、わたしらなんてどうでもええんちゃうの」

「えー、そうなんか。ミカ、一人でおったん」

「うん、一人で歩いとった。めずらしいな」

なんだ、畑山とはあれから別れたんだな。そう思うとぼくは、ほっとしたような、そうじゃないような、おかしな気持ちになった。

それから自由時間をつぶすために、ちづると近くの公園に行くことにした。そばのコンビニでアイスを買ってから、さっそくベンチの上に座った。ぼくたちのほかにも、自由行動をしているらしい生徒も少しいた。みんな、どこかを見て回るつもりはないみたいで、ただ時間をつぶしているようだった。

「葉山、映画行かれへんかったから、落ちこんでる？」

「まさか。だって、またべつの日にかって見れるもん」

「そっか。なんかちょっと、いつもよりおとなしいなって思うてさ」

ちづるはそう言うと、アイスキャンディーの袋を開けて、思いきりかんだ。黒板を爪でこすったような音がする。さむいぼができた。

「あー、おとなしいんは映画のせいとちゃうよ。さっきの鳥のことやねん」

「気になってんのん？」

「うん、まあ。だってさ、すぱって消えるねんもん。いまでもなんか、信じられへんわ」

「葉山って、目、悪いんやったっけ」

「いや、ええよ。一・五」

「ほんなら、なんやったんやろ」

「ぱっと消えてもうてんで、ほんまに、ぱっと」

「そう言うたら、前、学校の図書室で借りた本で、そんな話あったわ〜。ある会社の、なんちゃらっていうコンタクト使ってる人だけな、死んだ人とか、動物とかが見えるようになるって話」

「なんやそれ。SF？　ホラー？」

「よおわからん。とにかくその話やとな、人とか動物が死んだかって、天国にも地獄にも行かへんねん。なくなりもせえへん。いままでどおりやねんで」

「いままでどおりって？」

「生きてる人には見えへんけど、そのまま、前とおんなじように暮らしてんねん。みんなといっしょに電車乗ったり、牛丼食べたり。わたしらには見えんだけで」

「なんか、こわい話やな」

「そうでもなかったで。楽しそうやった」

ちづるはそれから、そばにあった雑草を引き抜いて、空に投げた。

「わたしらも、一瞬それを見たんかもしらんな」

「ぼくら、コンタクトちゃうやん」

「その話やとな、流れ星が落ちる前の日だけ、コンタクトはめんでも見えるときがあるんやって。理由はよおわからんけど、地球の大気が屈折するせいやって書いてあった。そんときだけ、ゆうれいたちの町とか、ゆうれいの電車とか、ゆうれいの学校とか、そんなんも見えんねん。おもろいやろ」

「なんか、ヘンな話やなあ」

「わたしらも、それやったかもよ。もしかしたら、たまたま流れ星が近づいとってさ、大気が屈折して、あんたの死んだ鳥が見えたんかも。そうやったら、ええのにな」

「なんでよ。そんなに、ゆうれい見たいん？」

「ゆうれいやなくて、お父さんに会いたいんやん」

　ちづるはわらいながら言っていたけど、ぼくはわらえなかった。ちづるの父さんは、交通事故で死んだってことを、このあいだ、聞いたばかりだったから。

　それからちづるは、少しだけ、目を閉じた。ぼくはちづるの隣でじっと空を見ていた。秋の雲は、砂時計の砂みたいに、細く流れていった。でもそれは、人間の作った砂時計よりも、ずっとゆっくりと流れていた。まるで神様の砂時計みたいに、ゆっくりと流れていた。

神様のくれた時間ぎりぎりまで、いろんな話をしたっけな。

ずっと寝不足だったから、その日の夜は、少し昼寝（夜寝？）をしようと思っていたんだけど、なかなかむずかしかった。ぼくがいる部屋が、夜ふかし組のたまり場になっていたからだ。ぼくのゲームボーイアドバンスの順番を待ってるやつもいれば、画面つきのプレステで遊んでいるやつもいる。好きな子を白状してるやつもいた。そんなかんじだったから、とても昼寝なんてできない。

で、せめて静かにテレビぐらい見たいと思って、ぼくは部屋を出た。ロビーの横にあるラウンジでは、まだテレビがついてるはずだ。

すると、ラウンジに行く途中で、ミカを見つけた。ミカは、旅館の中庭に一人で出ていた。そこには、畑山もいないようだったから、旅館のつっかけをはいて、ぼくも中庭に出た。

「ミカ」

「なんや、ユウスケか」

ふりかえったミカが言った。池のコイにエサをやっていたみたいだ。こんな夜なのに、コイは元気そうだった。

「なにあげてんの」

「エサ？　世界のナッツや」

「世界のナッツ？」

「ほら、これ」

そこには、いろんなナッツがあった。ティッシュの上に、アーモンドやクルミ、カシューナッツ、ピスタチオなんかがのっている。

「ロビーのとこに、めずらしいのがあってん。ガチャガチャみたいな機械の中に、世界のナッツが入ってるやつ。わかる？」

「あー、そんなんあったなー、むかし。お母さん、喫茶店とか入ったら、よおやってた」

「そう、それ。それがあったんよ。ほんで、調子こいて三回ぐらいやったら、食べきれへんぐらいナッツ出てきた」

「それで、コイにやってんの？　もったいないな」

「ええねん。あんま食べたら、ニキビ出るやろし」

ミカはナッツを歯で小さくかんで、それをコイに投げていた。ぼくは、そのうちの一つぶをとって、自分の口に入れた。クルミだった。

「上で、みんなと遊ばんの？」ミカが言う。「それとも、ナッツ買いにきたん？」

「ラウンジで、テレビ見ようかって思うて」

「先生もよおさんおるで」

「ほんなら、やめよっかな」

「うん」

「ミカは今日、自由時間になにしとった？　ぜんぜん会わんかったけど」

ウソだった。ぼくは、路地裏でミカを見つけていたから。しかも、畑山と握手しているのまで見ていたし。

「うん？　今日は、いろんな子と遊んどった。せや、ヒロキとも会うたで。アンタとちづるがイチャイチャしとったから、ジャマものあつかいされたって言うとったわ」

「ただ、歩いてるうちに、会うただけや」

「ふーん」

「あ、その言いかた、信じてへんな」

「ええやん、イチャイチャしとったたって。アタシもちづるのこと、いまは嫌いとちゃうしさ。バスん中でいろいろ話してみたら、けっこうええ子やったで」

「でも、イチャイチャなんてしてへん」

「ほんなら、なにしとったんやろなー。もっとすごいことやろか」

「その言いかた、ヒロキに似てきたで」

「アハハ」

ミカは、バカみたいにわらった。でもぼくはもうそのとき、今日、なにかすごく大事なことがあったんだって、気づいていた。いいことなのか、悪いことなのかはわからないけど、なにか、大事なことがあったはずだ。父さんたちの離婚が決まった次の日も、ミカはこんなかんじだったものな。いじけてるわけでもないし、怒ってるわけでもない。ただ、こんなかんじになる。

一生懸命、わらおうとする。

「ユウスケ。アタシ今日、ほんまはな……」

「うん？」

ぼくがそう言ったときだ。とつぜん、夜空に光るものが見えた。青い火の玉みたいなものが、ゆっくり空を横切っていた。

「わっ、UFO！」

ぼくたちは二人、まったく同じ言葉を、まったく同じタイミングで言っていた。しかも、ふたりで指までさしている。右ききのミカは右手の指で。左ききのぼくは、左手の指で。すぐに、先生たちも中庭に出てきた。二階では、生徒たちががやがや窓ぎわに集まっていた。

そのあいだも空には、火の玉がすーっと進んでた。習字の筆みたいに、ゆっくり進んでいく。

「センセ、あれあれ！」ミカが興奮しながら言った。「UFOや」

「まさかUFOとはちゃうやろけど、ほんま、なんやろな」

「センセにもわからんの？」

「いん石やろか。それにしたら、でっかいの〜」

先生はのんびりそんなことを言った。

やがて光は、途中で三つにわかれて消えた。

そう言えば、ちづるの言ってたこと、本当になったな。

消えた光を見て、ぼくはそんなことを思っていた。

本当に今日だけ、ぼくたちは、ゆうれいの世界を見ていたのかも。死んだシアワセは、まだ、青い鳥になろうとして努力している最中だったのかも、なんて。

11　それから

それからぼくたちは、広島に行った。シカとしゃもじだらけの宮島にも。最後には九州まで行って、フェリーで大阪港までもどってきた。そのあいだもいろいろ楽しいことがあったはずなんだけど、修学旅行が終わってみると、ぼくは倉敷のことばかりおぼえている。見ることのできなかった映画のことだとか、シアワセにそっくりだった鳥のこと、それに、ちづるとしゃべった公園のことだとかを。

そして、そんな中でもとくにおぼえていたのは、夜に見た、火の玉のことだった。

ちなみにそれは夜のニュースでもとりあげられていた。大阪の街の人たちが、空を見上げているシーンも放送されていたっけ。ナンパ橋のところだ。ただし、いん石ではなかったらしい。もちろんＵＦＯでもない。ずっとむかし、宇宙に打ち上げた人工衛星が、壊れて地球に落ちてきたせいだった。それが流れ星みたいに、燃えつきちゃったんだってさ。

だけどそのときはまさか、それが人工衛星だなんて思うはずがない。

じつはいまでも心の半分は、人工衛星だったなんて信じられないままだった。だってそれなら、あのとき見た鳥はなんだったの？　説明できない。あれはやっぱり、死んだシアワセがゆうれいになって、まだ青い鳥の修行をしていたんじゃないかな。それで、ミカのあとを追いかけていたのかも。それにもしかして、大きな人工衛星なら、流れ星みたいに、大気を屈折させるかもよ。

どうしてそこまで思うかっていうと、なにより、ミカが幸せになったからだ。

修学旅行から帰ってしばらくして、なんと、ミカと畑山がつきあいはじめた。それって、シアワセががんばったからじゃないとしたら、どうしてだ？

二人そろって学校から帰るのも、よく見かけるようになった。仲はいいみたい。いつもベタベタいっしょにいる（あにきとしては、複雑な気持ちになる）。もうすぐ三年生になるのに遊んでばかりいるみたいだった。

ケンカしてるのを見かけたのは、たった一度だけだ。秋の冷たい雨が降る日に、なにか言いあっていたっけ。カサぐらいさせばって言ってやりたかったけど、二人はすごく真剣だったから、言えなかった。

だけど、それだって大事なことなんだろうな。お互いを知りたいし、知ってもらいたいから、そんなふうにケンカするんだろう。そうやって、だんだん仲よくなっていくんじゃない？　それに次の日にはミカも、いつものかんじにもどっていたし。

「あーあ。畑山のアホは、最近、バイクの話ばっかしで退屈やわ。あのバイク買うとか、買ったらこういうパーツつけるとか。免許もないのに、そんなんばっか」

そう言ってるときでさえ、どこかうれしそうだった。最近、ミカがバイクの雑誌を買って読んでいるのを見かけたこともある。町を走っているバイクの名前まで言えるようになった。だんだん、ぼくの知らないミカがふえていくみたいだった。

そして、ぼくとちづるも、まあまあいいかんじだと思う。まだ、かんぜんにつきあっているってわけじゃないけど、いまではよく、いっしょに映画に行く。本を貸しあったりするし、ときどきはぼくの家でゲームをすることもある。ヒロキもセットになって遊ぶことが多かった。最近ヒロキは、ちづるの友だちをねらっていたからだ。それでよくみんなで遊ぶんだけど、そんなときぼくは、だんだんとちづるのことが好きになっていることに気づく。いつのまにか、ちづるのことだけを見つめていたりした。時間が止まったみたいに、じっと。

人を好きになったり、なにか幸せなことがあると、時間って止まるらしいって図書館の本で読んだけど、もしかすると、本当かもしれない。一日は平等に二十四時間しかないけど、ポーズはかけられるのかもよ。プレステのスタートボタンを押したときみたいにさ。

さて、ぼくの話はこれぐらいにして、次は父さんと香坂さんの話。

この二人は、あいかわらずうまくいってるみたいだ。いっしょに夕飯を食べるときもふえた。ミカはまだ慣れないようだけど、だいぶん、ふつうになってきたんじゃないかな。知らない人が見たら、たぶんぼくたちは、香坂さんまでまとめて、ひとつの家族に見えるんじゃないかって思う。本当はまだ家族じゃないけど、それでもちょっとずつ、家族っぽくなっている最中だ。ちょうど、母さんの言っていたカレーみたい。いろんな具がだんだんなじんでいくように、ぼくたちもだんだんなじんでいる。必要なのは、もう少しの時間だけだ。

　こう考えてみると、結局ぼくたちは、みんな、それぞれ幸せになっているんだよな。ちょっとずつだけど、よくなってる。

　これって、シアワセのおかげなんだろうか？　どこかでまだ、ぼくたちのそばを飛んでいるんだろうか？

　そう思うとき、ぼくはふと、白分の肩がさびしくなる。耳の穴も。

　最後に、もうちょっとだけ。

　最近、いっしょに遊んだりすることが、すっかり少なくなったぼくとミカだけど、いつか二人だけで話しあったことがある。夕飯は、ぼくと父さん二人だけで食べていた。

　その日、ミカは遅くに家に帰ってきた。それで、父さんに叱られたわけだ。門限をすぎていたからだったんだけど、これがはじめてじゃなかった。もう、なんどか注意されていたんで、父さんが怒るのもしかたない。

でも、叱られたミカはプイってふくれて、外に出ていってしまった。だからぼくが、ミカの様子をすぐ見にいった。

ミカにはすぐ追いついたんだけど、だからって、なんて言えばいいのかわからなかった。その日ミカが門限をやぶったのは、畑山とデートだったせいだって知っていたからだ。そりゃあ、なんどもやぶるほうも悪いけど、ちょっとでも長くいっしょにいたいって気持ちもわかる。ちづると遊んでいるとき、ぼくもそうかんじることが多かったから。

それでぼくは、なにも話さないまま、ミカといっしょに歩いていった。ミカはどうやら、あの古墳に行くつもりらしかった。こんな遅くになにを考えているんだろうって思ったけれど、一度決めたらきかないってことも知っている。だからせめて、ヘンなことにならないように、ずっとついていった。

古墳のある裏山は、まっ暗だった。その日は満月だったけど、月明かりなんてあてにならない。

中に入るつもりかなって不安に思っていたら、ミカがふりかえってぼくに言った。

「最近、シアワセのお墓参り、してへんな」

「しゃーないよ。いろいろ、忙しかったもん」

ぼくは言った。「やることがようさんあって、忘れてたんやな」

「うん。せやけど、また行ったろな。このまま忘れてもうたら、かわいそうやし」

「それはええよ。でもまさか、こんな夜に上るつもりちゃうやろな。まっ暗なときに中入ったら、迷子になるで。寒いしさ」

「今日は入らんよ。ただ、ちょっと近くにきただけやん」

「ほんならええわ」

ぼくはそう言うと、近くにある自動販売機のそばに座った。ほかにちょうどいい場所がなかったからだ。しばらくするとミカもぼくのそばにきて、ジュースを買った。そして、生まれてはじめてぼくに、「ユウスケはなにがええ?」なんて言った。おごってあげるとも、なんとも言わずにそう聞いた。

なんだかそのかんじは、大人みたいでカッコよかった。

「コーラ。ドクターペッパーあったら、そっち」

「OK」

そしてミカは、ぼくのぶんのジュースまで買ってから、隣に座った。自分は、あったかい紅茶を買っていた。

二人ならんで、しばらくジュースを飲んだ。まっ暗な林と丘が、目の前に広がっている。あのおそろしい、トゲつき針金（有刺鉄線って言うんだと）も、自動販売機の光のせいで、ぽっかり浮かんで見えた。

「あーあ。またお父さんに怒られてもうたな。最近、叱られてばっかかや」

「ミカが悪いねん。門限やぶりすぎ」

「ユウスケには、あんま怒らんのに」

「だって、ミカは女やからやん。差別とはちゃうで。お父さん、心配してるんや」

「女かあ」

「女やろ？」

「うん、まあ」

ミカはそう言うと、あたたかい紅茶の缶を、すごく大事そうに持った。ただ手が冷たかっただけなんだろうけど、ぼくにはまるで、シアワセをつかまえているときのように見えた。なにかすごく大事なものを見つけて、つかまえたみたいに。

「せやな。女やもんな」

「ミカ、どないしたん？　なんかあったか」

「なんかあったよ」

「なんやねん。それやったら、はよ言うとけよ」

「うん」

　そしてミカは言った。

「あんな、アタシな、今日はじめてチューした」

　ぼくは、固まった。こういうときなんて言えばいいか、考えたこともない。落ち着いたらいいのか、おどろいたらいいのか、わからなかった。

「お、おまえな〜。そんなん、言うなよ」

「自分で言えって言うたくせに。それに、ほかに話す人おらんやんか。ほんまは、シアワセにだけ教えたろって思ってたんけど、やっぱ言ってもうた」

「だまっとけ」

「なんやの。だらしないあにきやなー」

　ミカが、わらっていた。あにきだなんて、はじめて言われたような気がする。ぼくは、そんないもうとの横顔を見た。チューのことを思い出しているのか、リップがぬってある、自分のくちびるをさわっていた。

関係ないのに、ぼくも自分のくちびるをさわってしまう。

結局その夜は、ぼくまで門限をやぶってしまった。夜遅くまで、ジュースを飲みながら、ミカと話していたせいだ。帰ったら、ぼくも叱られるってわかっていたけど、でもそのときは、とても先に帰るなんてできなかった。だってミカは、いまにもそこからいなくなってしまいそうだったから。

たぶん、あしたがすごく待ち遠しかったんだろう。あしたがやってくるのが遅すぎて、なんだか、じれったかったんだろう。自分のことをわかってくれるだれかに、早く会いたかったんだ。

シアワセみたいな羽があったら、そのまま飛んでいったかもしれない。

いや。ミカには、とっくに羽が生えていたのかも。

青い鳥みたいに、こんどはだれかを、幸せにしてあげたくなったのかもよ。

解説

森　絵都

まずは『ミカ！』から入りたいと思う。

『ミカ！』は本書『ミカ×ミカ！』の二年前、まだ小学六年生だったユウスケとミカを描いた物語だ。小説の単行本版ではポップなウサギが、文庫版ではとぼけたカンガルーの絵が表紙を飾っている。が、断っておくけれど、この作品にはウサギもカンガルーも登場しない。では何が登場するのか――はあとまわしにして、ともかく、伊藤たかみさんはこの『ミカ！』を『ミカ×ミカ！』に先だって書かれている。

つまり本書は『ミカ！』の続編なのだが、私はどちらかというと「未来編」「進化編」などと呼んでみたい気がする。というのも、この本は『ミカ！』の「その後の物語」ではあっても、「続きの物語」ではないからだ。よって、この一冊だけでも十分に楽しむことができる。親しい友達の過去を必ずしも知る必要がないのと同様、誰もが「その前の物語」を知っていなければならないわけでもない。

それを大前提とした上で、しかし、解説係としてはやはりなんとなく「その前の物語」も押さえておきたいものなのだ。必ずしも知る必要はないにしろ、友達の〈昔〉や〈以前〉を知ることによって、その相手の新しい一面が見えてくるのも事実だ。少なくとも、知っておいて損はない。

さて、では〈以前〉のミカはどんな女の子だったのか……というと、じつは内気で内股、今とは正反対のナヨナヨとした女の子だった。というのはうそで、二年前からミカはしっかりとオトコオンナだった。

その男っぷりのよさをうかがわせるミカ語録が、『ミカ！』には随所にちりばめられている。

「あー！　アタシ、なんで女に生まれてきたんやろ！　なんでや！」

「アタシ、セーラー服なんてぜったいに着たない。女みたいやもん」

「おっぱいが大きならんような手術したい」

自分が女であることが癪《しゃく》でならなかった、それが小六のミカだ。人の何倍ものカロリーを絶えず燃焼させていそうなその言動も、中二のミカとほとんど変わりがない。

では、小六のユウスケは？　こちらも中二のユウスケと変わらず、家ではミカに

「ムーンサルトキック！」と蹴りを入れられ、学校ではつかみあいのケンカをするミカを止め、ふと気がつくと虫の好かない女子に慕われて戦々恐々としている。

ちなみに、ユウスケとミカの両親は〈以前〉より別居をしているが、当時すでにどちらにも新しく好きな相手がいたようだ。父親の相手に対して複雑な感情を抱きつつ、それを胸に押しこめていたユウスケがぽろりと本音をもらすのは、二年前もやはり焼肉屋である。この家族は大事な話イコール焼肉なのだ。

どうでしょう？　その性格も行動パターンも、読めば読むほど彼らは〈以前〉から何も変わっていない。

が、しかし決定的な違いが一つある。

結果、だ。

同じような行動や失敗を重ねながらも、本作『ミカ×ミカ！』ではユウスケもミカも、父親までもが〈以前〉には行きつけなかった未来へと自分たちを押しやっていく。なぜか？

それは一見、何も変わらないふうに見えながら、その実、彼らが日々、少しずつ小さな変化を積み重ねていたせいだろう。あるいは、ささやかな成長を。

作者の伊藤たかみさんは、あえて彼らに変化のない日常をたどらせることによって、彼らの内面の変化を浮きぼりにしてみせたのだと私は思っている。

①ミカが制服のスカートをはいた

と、たとえばこれ一つをとってみても、ミカにしてみれば劇的な変化である。中学生になったのだから当然と思われるかもしれないが、〈以前〉ならばそんな常識におとなしく従うミカではなかった。ま、いいか、反抗するのも面倒だし、とスカートに甘んじている中二のミカは、じつはなかなか大人なのだ。

それだけではない。本書に於いてミカは初めて、制服以外のスカートを自ら進んで身につける。それは「ま、いいか」とは別物の、能動的な変化だ。鮮やかな変身だ。

中二のミカは、じつは意外と、オンナなのだ。

②ミカが恋をした

そう、ミカは恋をした。来る日も来る日もユウスケや男友達と動物のようにじゃれあっていたミカが、初めて男子を別の生物として意識した。恋の相手は、よりによって女子人気の高い畑山くん。ミカはユウスケも気づかないうちに恋をし、告白し、ふられてしまう。その展開の速さがなんともミカらしい。

それにしても……。

「もっと女っぽい子が好き」

これは、ふられ文句としてはかなり致命的である。ダメなものはダメ、と言われているに等しい。「女らしいって、どういうこと?」と真剣に頭を悩ませるミカは、それだけで十分に女っぽいと私は思うが、畑山くんは所詮、中学生のガキだ。十代の男子なんてだいたい女子のうわべしか見ていないから、表面的にはこよなく男っぽいミカを彼が好きになる可能性は低い。限りなくゼロに近い。

ところが、そこに思いがけない助っ人が現れる。

③シアワセが幸せの青い鳥になった

正確にいえば助っ人ではなく、助っ鳥である。

『ミカ!』にはウサギでもカンガルーでもなく、人間の涙に反応するオトトイという謎の生物（毛だらけのサツマイモみたいな外貌で、目も鼻も口もどこにあるのかわからない）が登場するが、本書『ミカ×ミカ！』で活躍するのは、シアワセという名の青い鳥。一見平凡なセキセイインコだが、なんとこのシアワセが人間の言葉をしゃべる。しかも、ミカのために幸せの青い鳥になろうと奮闘する。どうしたって無理そうだったミカの恋が実ったのは、シアワセが見事、幸せの青い鳥となりえた証《あかし》だろう。

無論、ミカ自身もがんばった。

死んでしまったシアワセをお墓に埋めたあと、唇を腫らした畑山くん（ミカに殴られたのだ）にむかって、ミカがふいにつぶやく場面が好きだ。

「あんなんしたけど、アタシはまだ、アンタのこと好きやよ」

こっぴどく殴られたあとで、殴った本人からそんなことを言われたら、誰だってその子のことを忘れられなくなってしまうにちがいない。

④ユウスケも恋をする

さて、小六の頃は苦手な女の子に迫られてとまどうばかりのユウスケだったが、中二の彼は同じように苦手な女の子に慕われながらも徐々に心を動かし、ついには特別な仲となる。これにも少しばかりシアワセが絡んでいるのだが、それだけではなく、ユウスケ自身の変化がもたらした結果だろう。

〈以前〉は女の子に対して思いきり腰の引けていたユウスケが、今回は少しだけ立ちどまり、相手の気持ちを考えてみようとする。小学時代は保健の先生に憧れていただけの男の子も、中学生になると身近な異性に複雑な興味を抱きはじめる。誰にも打ちあけられない「秘密の時間」が増えていく。

ミカに劣らず、中二のユウスケもまたなかなかに大人で、意外とオトコなのだ。

⑤ついでに父親も恋をする

この際、父親はどうでもいいような気がするが、念のため。

〈以前〉の相手とはうまくいかなかったらしい父親だが、どうやら再び好きな女性が現れたようで、今回はかなり本気である。相手の女性が自分たちの家庭に入ってくることに対して、ミカとしてはやはり不安がある。が、焼肉屋での話し合いの末、彼らは新しい未来へと一歩前進する。〈以前〉はその手の問題から目を背けていたミカが、焼肉を前にして自らの思いを初めて父親にぶつける、その場面もまた胸を衝かれる見所の一つだ。

と、こんなふうに書くとまるで恋一色のような小説に受けとられてしまうかもしれないが、恋は数ある要素の一つにすぎず、これだけ誰もが恋をしているにもかかわらず、この小説には浮かれた感じが少しもしない。それは恋の甘い部分だけを描いていないからでもあるが、ユウスケのクールでユーモラスな語り口によるところも大きいと思う。

妹のミカ。父親。友達。女の子。離れて暮らす母親。父親の彼女。自分をとりまくすべての人物をユウスケは独特の醒めたまなざしで、しかし愛情をもって見つめている。とくにミカへの愛情は深い。男友達とカラオケのマイクで殴りあいをしたり、初恋の相手をこてんぱんにのしてしまったりするミカのことを、ユウスケは「ばかみたいだ」とぼやきながらも「恥ずかしい」とは思わない。それはミカがミカであることを認め、心配しながらも深いところで信頼しているからだろう。その信頼の確かさこそがこの小説世界の基盤を支え、彼によって語られる人物たちに健やかな魅力を与えている。

無論、ユウスケ自身の魅力に関しては言うに及ばない。

私はすでに『ミカ×ミカ！』を三回以上読みかえしているが、読むたびに思う。男の子っていいな、と。こんなにも軽快で濁りのない読後感を与えてくれる小説は、ちょっとほかにはない。

そしてまた、そのユウスケの瞳に映るミカを追うごとに、女の子っていいな、とも改めて思う。ミカは本当にかわいい。食べてしまいたいくらいだ。

（作家）

単行本　二〇〇三年二月　理論社刊

文春文庫

ミカ×ミカ！

定価はカバーに
表示してあります

2006年8月10日　第1刷

著　者　伊《い》藤《とう》たかみ
発行者　庄野音比古
発行所　株式会社　文藝春秋
東京都千代田区紀尾井町 3-23　〒102-8008
TEL　03・3265・1211
文藝春秋ホームページ　http://www.bunshun.co.jp
文春ウェブ文庫　http://www.bunshunplaza.com
落丁、乱丁本は、お手数ですが小社製作部宛お送り下さい。送料小社負担でお取替致します。

印刷・大日本印刷　製本・加藤製本
Printed in Japan
ISBN4-16-767999-X

（　）内は解説者。品切の節はご容赦下さい。

僕は結婚しない
石原慎太郎
「僕」三十四歳建築家。つき合っている女はいるけど、結婚はしない。ヨットの事故、売春シンジケイトを巡る事件……。若者たちの恋と性を描いてゾクリと怖い傑作中篇小説。（斎藤環）
い-24-7

骨は珊瑚、眼は真珠
池澤夏樹
旅をかさね、人と世界を透徹した目で見すえ、しなやかな文体で描きつづける著者の九〇年代前半の短篇集。「眠る女」「アステロイド観測隊」「北への旅」「眠る人々」「パーティー」ほか。（三浦雅士）
い-30-4

花を運ぶ妹
池澤夏樹
一瞬の生と無限の美との間で麻薬の罠に転落し、投獄された画家・哲郎。兄を救うため、妹のカヲルはひとりバリ島へ飛んだが。絶望と救済を描く毎日出版文化賞受賞作。（三浦雅士）
い-30-6

空の穴
イッセー尾形
哲学的な音楽理論をふりまわす演歌歌手と引き籠りの父親のためにビデオを回すシンガー・ソングライターとの奇妙な巡業など、一人芝居の異才が描く不思議なフシ〜ギな短篇小説全九本。
い-50-1

ミカ！
伊藤たかみ
思春期の入口に立つ不安定なミカを温かく見守るユウスケ。両親の別居、家出、隠れて飼った動物の死……。流した涙の分だけ幸せになれる。キュートな双子の小学校ライフ。（長嶋有）
い-55-1

表層生活
大岡玲
青年が人工頭脳を駆使して人間を支配しようと企てた時、何が起こったか？　現代に潜む前人未到のテーマに挑んだと評された芥川賞受賞作。「わが美しのポイズンヴィル」を収録。（西垣通）
お-16-2

小説

（ ）内は解説者。品切の節はご容赦下さい。

妊娠カレンダー
小川洋子

姉が出産する病院は、神秘的な器具に満ちた不思議の国！……妊娠をきっかけにゆらぐ現実を描く芥川賞受賞作。「妊娠カレンダー」「ドミトリイ」「夕暮れの給食室と雨のプール」（松村栄子）

お-17-1

やさしい訴え
小川洋子

夫から逃れ、山あいの別荘に隠れ住む「わたし」とチェンバロ作りの男、その女弟子。心地よく、ときに残酷な三人の物語の行き着く先は？ 揺らぐ心を描いた傑作小説。（青柳いづみこ）

お-17-2

蛇を踏む
川上弘美

女は藪で蛇を踏んだ。踏まれた蛇は女になり、食事を作って待つ……。母性の眠りに魅かれつつ抵抗する女性の自立と孤独を描く芥川賞受賞作。「消える」「惜夜記《あたらよき》」収録。（松浦寿輝）

か-21-1

溺レる
川上弘美

重ねあった盃。並んで歩いた道。そして、ふたり身を投げた海。過ぎてゆく恋の一瞬を惜しみ、時間さえ超える愛のすがたを描く傑作短篇集。女流文学賞・伊藤整文学賞受賞。（種村季弘）

か-21-2

センセイの鞄
川上弘美

駅前の居酒屋で偶然、二十年ぶりに高校の恩師と再会したツキコさん。その歳の離れたセンセイとの、切なく、悲しく、あたたかい恋模様。谷崎潤一郎賞受賞の大ベストセラー。（木田元）

か-21-3

龍宮
川上弘美

霊力を持つ小柄な曾祖母、女にはもてるのに人間界には馴染めなかった蛸、男の家から海へと還る海馬……。人と、人にあらざる聖なる〝異類〟との交情を描いた八つの幻想譚。（川村二郎）

か-21-4

（　）内は解説者。品切の節はご容赦下さい。

河野多惠子
後日の話
十七世紀イタリアの町。殺人犯となった男は処刑の直前に若い妻の鼻を食いちぎった！　遺された妻の恐るべき人生。精神的マゾヒズムの極致を描く、美しくグロテスクな物語。（川上弘美）
こ-28-1

柴田翔
されど　われらが日々――
何一つ確かなもののない時代に生きる者の青春。生きることの虚しさの感覚を軸にして、一つの時代を共にした男女大学生たちの生の悲しみを造型した青春文学。（野崎守英）
し-4-1

青来有一
聖水
聖水は本当に奇蹟の水なのか。佐我里さんは教祖か、詐欺師か。死にゆくものにとっての救済とは何かを問う芥川賞受賞作をはじめ、ストーリーテリングの技が冴える四篇を収録。（田中俊廣）
せ-5-1

辻邦生
夏の砦
北欧の孤島で突如姿を消した支倉冬子。充たされた生の回復を求める魂の遍歴……。辻文学の初期最高傑作の誉れ高い作品、待望の復刻。「創作ノート（抄）」を付す。（井上明久）
つ-7-4

辻原登
遊動亭円木
真打ちを目前に盲《もう》となった噺家の円木、池にはまって死んだはずが……。うつつと幻、おかしみと残酷さが交差する、軽妙で冷やりと怖い傑作人情噺十篇。谷崎潤一郎賞受賞。（堀江敏幸）
つ-8-4

辻原登
発熱（上下）
ウォール街で勇名を馳せた若きファンド・マネジャーが日本の既成権力集団に挑む。名妓との色模様も絡み、富と権力と恋が織りなす絢爛たるエンターテインメント巨篇。（吉田修一）
つ-8-5

小説

（　）内は解説者。品切の節はご容赦下さい。

曽野綾子
ぜったい多数
大学を出たものの就職先がなく、歌声喫茶で働きだした晄子は、都会の片隅に息づく名もない〝ぜったい多数〟の若者たちとの交流の中で、自我と人生に目覚めていく。爽やかな青春小説！

そ-1-22

曽野綾子
陸影を見ず
核燃料輸送船「曙丸」の英国から日本まで六十日間に及ぶ無寄港航海。その困難に満ちた日々を、勇気と信念に満ちた輸送班長・加納知世の視点から綴った曽野流海洋文学の傑作。（西澤潤一）
そ-1-24

高樹のぶ子
彩月　季節の短篇
月日貝、五月闇、夜神楽、寒茜など……季語に触発されながら、愛を巡る揺らぎと畏れを主題に、生命の不思議、稠密な性の交感、人生の哀切を官能的な文章に結晶させた十二の短篇連作。

た-8-12

高樹のぶ子
透光の樹
汲めども尽きぬ恋心と、逢瀬を重ねるたびに増してゆく肉の悲しみ。25年ぶりに再会した男女の一途に燃える愛。すべての現実感が消えるほどの〈結晶のような〉物語。谷崎潤一郎賞受賞作。

た-8-13

大道珠貴
裸
あたし十九歳ホステス。「身体を磨いとったほうがよかよ」と伯母は……。博多の中心地でもたれあうように暮らす女系家族を描いた表題作を含む、芥川賞作家のみずみずしいデビュー作！

た-58-1

大道珠貴
しょっぱいドライブ
港町で暮らす三十四歳のミホが、へなちょこ老人の九十九《つくも》さんと同棲するに至るまでの顛末を、哀しくもユーモラスに描く。「人間と人間関係を描き切った」と絶賛された芥川賞受賞作！

た-58-2

（　）内は解説者。品切の節はご容赦下さい。

愛才
大石静

自分の恋愛すべてを夫の「僕」に話す、ユニークな妻が破滅型の役者と大恋愛。その後の十数年に及ぶ奇妙な三角関係の行方は？　人気脚本家による初の書き下ろし長篇小説。（久世光彦）

お-21-6

さい果て
津村節子

小説家を志す男と結婚した若い妻。しかし、貧しさとはかどらない創作に苛立つ夫の心は摑めず、妻は心のさい果てへと押し流されていく。芥川賞受賞作を含む連作長篇小説。（高橋英夫）

つ-3-11

光の海
津村節子

自分の家に執着する夫と、海の見える老人ホームに心ひかれる妻を描く表題作を含め、「風の家」「佳き日」「北からの便り」「惑いの夏」「麦藁帽子」などさまざまに変化する男と女の物語十篇。

つ-3-13

パッサジオ
辻仁成

声を失ったロック歌手は奇妙な魅力を放つ女医を追って、彼女の祖父が主宰する山中の不老不死研究所に辿りつく。そこで彼が出会ったのは……。圧倒的人気の新世代の旗手が放つ話題作。

つ-12-1

白仏
辻仁成

発明好きで「鉄砲屋」と呼ばれた著者の祖父は、戦死した友らの魂を鎮めるため、島中の墓の骨を集めて白仏を造ろうと思い立つ。仏フェミナ賞外国文学賞を受賞。（コリーヌ・カンタン）

つ-12-2

太陽待ち
辻仁成

撃たれた兄、眠ることのできないその恋人、封印された記憶の中の少女を幻視する老監督……。時空を超えて展開する、不可能な愛を求める男と女の壮大な叙事詩。（コリーヌ・アトラン）

つ-12-3

（ ）内は解説者。品切の節はご容赦下さい。

時雨の記
中里恒子

知人の華燭の典で偶然にも再会した熟年の実業家と、夫と死別し一人けなげに生きる女性との、至純の愛を描く不朽の名作。中里恒子の作家案内と年譜を加えた新装決定版。（古屋健三）

な-5-4

サマー・キャンプ
長野まゆみ

湾岸校に通う温《ハル》に「契約」をもちかけたルビは、無口な少年と手癖のわるい女の子、二つの人格をそなえていた……。生殖医療の発達した近未来を舞台に、血脈を超える人間の絆を描く傑作。

な-44-1

天然理科少年
長野まゆみ

放浪癖のある父に連れられ、転校を繰り返す岬。中二の秋に辿りついた山間《やまあい》の集落で出逢った小柄な少年・賢彦。わずか三日間の謎めいた邂逅と別離……。時空を超えるみずみずしい物語。

な-44-3

最後の息子
吉田修一

オカマと同棲して気楽な日々を過ごす「ぼく」のビデオ日記に残されていた映像とは……。爽快感200%、とってもキュートな青春小説。第84回文學界新人賞受賞作。「破片」「Water」併録。

よ-19-1

熱帯魚
吉田修一

大工の大輔は子連れの美人と結婚するのだが、二人の間には微妙な温度差が生じはじめて……。果たして、彼にとって恋とは何だったのか。60年代生まれのひりひりする青春を描いた傑作。

よ-19-2

パーク・ライフ
吉田修一

日比谷公園で偶然にも再会したのは、ぼくが地下鉄で話しかけてしまった女性だった。なんとなく見えていた東京の景色が、せつないほどリアルに動き始める。芥川賞を受賞した傑作小説。

よ-19-3

（　）内は解説者。品切の節はご容赦下さい。

長嶋有
猛スピードで母は
母は結婚をほのめかしアクセルを思い切り踏み込んだ。現実にクールに立ち向かう母の姿を小学生の皮膚感覚で綴った芥川賞受賞作。文學界新人賞「サイドカーに犬」も併録。（井坂洋子）
な-47-1

長嶋有
タンノイのエジンバラ
「なんか誘拐みたいだね」。失業中の俺はひょんなことから隣家の娘を預かるはめに……。擬似家族的な関係や妙齢女性の内面を芥川賞作家・長嶋有独特の感性で綴った作品集。（福永信）
な-47-2

ねじめ正一
鳩を飛ばす日
僕は四年生、和菓子屋の一人っ子。ある日、従妹のみつ子がうちの子になるという。妹なんかいらないのに——。昭和三十年代を呼びもどす長篇『おしっこと神様』を改題。（安西水丸）
ね-1-2

又吉栄喜
豚の報い
ある日、突然スナックに豚が闖入してきた。厄を落とすため正吉と三人の女は真謝島へと向かう。素朴でユーモラスな沖縄の生活を描く芥川賞受賞作。「背中の夾竹桃」を収録。（崔洋一）
ま-13-1

町田康
きれぎれ
俺は浪費家で酒乱、ランパブ通いが趣味の絵描き。下手な絵で認められ成功している厭味な幼友達の美人妻に恋慕し、策謀を練ったが……。「人生の聖」併録。芥川賞受賞作。（池澤夏樹）
ま-15-3

松浦寿輝
もののたはむれ
「永遠って、いつまで経っても終らないってことでしょう」——うらぶれた街で映画館に入り、路面電車に乗り、夢と現のあわいを彷徨う十四夜。芥川賞作家の幻の処女作。（三浦雅士）
ま-19-1

文春文庫

小説

（　）内は解説者。品切の節はご容赦下さい。

希望の国のエクソダス
村上龍

二〇〇二年秋、八十万人の中学生が学校を捨てた！　経済の大停滞が続く日本で彼らはネットビジネスを展開し、遂には世界経済を覆すのだが……。現代日本の絶望と希望を描いた傑作長篇。

む-11-2

空港にて
村上龍

コンビニ、居酒屋、カラオケルーム、空港……。日本のどこにでもある場所を舞台に、時間を凝縮させた手法を使って、他人とは共有することのできない個別の希望を描いた短篇小説集。

む-11-3

水滴
目取真俊

六月のある日、右足が腫れて水が噴き出した。夜な夜なそれを飲みにくる男達は誰か？　沖縄を舞台に過去と現在が交錯する芥川賞受賞作。「風音」「オキナワン・ブック・レヴュー」併録。

め-1-1

トラッシュ
山田詠美

黒人の男「リック」を愛した「ココ」。ボーイフレンド、男の昔の女たち、白人、ゲイ……、人びとが織りなす愛憎の形を、言葉を尽くして描く著者渾身の長篇。女流文学賞受賞。（宮本輝）

や-23-1

快楽の動詞
山田詠美

なぜ女は「いく」「死ぬ」なんて口走るのか？　奔放きわまる文章と、繊細緻密な思考で日本語と日本ブンガクの現状を笑いのめす深淵かつ軽妙なるクリティーク小説集。（奥泉光）

や-23-3

姫君
山田詠美

自分が生と死の境に立っていようとも、人は恋をする。なぜなら……。人を愛することで初めて生ずる恐怖〝聖なる残酷〟に彩られた、最高に贅沢な愛と死のシミュレーション！（金原ひとみ）

や-23-5

（　）内は解説者。品切の節はご容赦下さい。

矢作俊彦
夏のエンジン
ベンツ、ビートル、マスタング、スカイライン、アルファロメオ……いつでも車がそばにあった。陰のキャラクターとして存在感を放つ個性的な名車と、若い男女が織り成す十二の物語。
や-33-1

山本文緒
プラナリア
乳がんの手術以来、何もかも面倒くさい二十五歳の春香。矛盾する自分に疲れ果てるが出口は見えない――。現代の〝無職〟をめぐる心模様を描いたベストセラー短篇集。直木賞受賞作。
や-35-1

柳美里（ユウミリ）
フルハウス
本物になりたいけどなれないニセモノ家族の奮闘を描く表題作と、不倫の顚末をコミカルに描く「もやし」。芥川賞作家の初期力作二篇。泉鏡花文学賞・野間文芸新人賞受賞作。（山本直樹）
ゆ-4-1

柳美里
女学生の友
退職老人と、女子高生。孤独な二人が共謀して巻き起こした恐喝事件の顚末は。衝撃の小学生集団レイプを描いた「少年倶楽部」併録。ハイビジョンでドラマ化された話題作。（秋元康）
ゆ-4-4

湯本香樹実
西日の町
十歳の僕が母と身を寄せ合うアパートへ、ふらりと「てこじい」が現われた。無頼の限りを尽くした祖父の秘密、若い母の迷いと哀しみをみずみずしいタッチで描いた感動作。（なだいなだ）
ゆ-7-1

吉本ばなな
体は全部知っている
日常に慣れることで忘れていた、ささやかだけれど、とても大切な感情――心と体、風景までもがひとつになって癒される傑作短篇集。「みどりのゆび」「黒いあげは」他、全十三篇収録。
よ-20-1

（　）内は解説者。品切の節はご容赦下さい。

服部真澄
バカラ
違法なバカラ賭博で多額の借金に喘ぐ週刊誌記者・志貴。自己破産寸前のところで探り当てた大スクープの影。金の魔力に蕩かされた男たちの夢と現実を描いた傑作長篇小説。（髙橋治）
は-30-1

姫野カオルコ
受難
修道院育ちの汚れなき処女・フランチェス子と、その秘所にとりついた人面瘡・古賀さんの奇妙な共棲！　現代人の性の不毛を見つめるクールな視線が冴え渡る傑作小説。（米原万里）
ひ-14-1

姫野カオルコ
ちがうもん
一九六〇年代、関西の田舎町。少女はなぜ「特急こだま」の玩具を買ってもらったのか。子供だからこそ鮮明に焼きついた記憶。大人のためのリアルな童話とも言うべき短篇集。（辰濃和男）
ひ-14-2

藤本ひとみ
大修院長ジュスティーヌ
人間の性を認め、その快楽を許す異端の女子修道院で繰りひろげられる淫らな礼拝。大修院長は聖女か魔女か⁉　表題作の他に「侯爵夫人ドニッサン」「娼婦ティティーヌ」。（舛添要一）
ふ-13-3

藤本ひとみ
バスティーユの陰謀
持ち前の美貌を頼りに、人生を遊び暮らそうと考えていた青年が、なぜ〝バスティーユ襲撃〟に加わったのか？　フランス革命の舞台裏を描き、人間の生き方を探った長篇。（水口義朗）
ふ-13-6

藤本ひとみ
貴《き》腐《ふ》　みだらな迷宮
フランス革命の激動のなか、頽廃の極みにあった貴族社会でくりひろげられる性の宴。狂乱の果てに辿りついた真実の愛とは、人生とは……。「貴腐」「夜食」の中篇二篇を収める。
ふ-13-7